Heibonsha Library

余生の文学

平凡社ライブラリー

Heibonsha Library

余生の文学

吉田健一

平凡社

本著作は一九六九年十月に新潮社から刊行されたものです。

表記は原則として旧字は新字に、歴史的かなづかいは現代かなづかいに改め、読みにくいと思われる漢字には適宜ふりがなをつけています。

また、今日では不適切と思われる表現については、作品発表時の時代背景と作品価値などを考慮して、原文どおりとしました。

目次

*

批評と文芸時評

先日の「大波小波」に林房雄氏が「朝日」に書いた、「今日の文芸批評家たるものも、文壇酒場の流しタイコモチ、または毒にも薬にもならぬプレゼント批評を新旧作家に配給して『印象批評』だなどとやにさがるサンタ・クロオスじいさんに」なってはならないという言葉を引用して批評と文芸時評の問題、というのは、その違いに触れたのがあった。大波小波子によれば川端康成氏が芥川賞の選考の選評で示している言わば積極的に否定的な態度を林氏が推奨しているのは批評家の態度という意味では当っているかも知れなくても、それでは文芸時評は書けないということである。

色々な問題がそのことを廻って頭に浮んで来る。批評と文芸時評を区別するのは文学と小説を違ったものに考えるのに似ているが、それで次には、批評とは何かという根本の定義から出発しなければならないことになる。又これは一般に思われているよりも必要なことかも知れなくて、文学と小説を区別するのが可笑しいということは呑み込めても批評が文学であるかどうか決め兼ねているものは実際には決して少くないのである。

林房雄氏の説もそれが川端康成氏のように批評家は批評する作品に対して厳しくなければならないということであっても、或は又サンタ・クロオス風に誰にでも贈りものをするのは困るというのであっても批評家の仕事は作品の採点をすることにあるという考えがその背後に働いている。月並俳句の宗匠の仕事であって、俳句の宗匠もその本職は自分でも俳句を作るという別な所にある。つまり、林氏の説に従えば、批評は文学ではない。

これに対して大波小波子が言っていることは厳しいばかりが能ではなくて、殊に文芸時評では批評家が取り上げる作品の世界に立ち入ってその作者と馴れ合う境地に至って初めて書けるのであり、そうでなければ褒められてやっと浮ばれるその作者達の中で、褒められていいのを救うことは出来ないということにある。従ってこれによれば、批評家の仕事は採点するばかりでなくて、認めるべき作品は認めてその作者を何からなのか、恐らくは一般の無関心から救うことなのだということになるが、それで時評を書く人間の仕事は意味を増すように見えても、何の為にそんな役を時評を書く人間、つまりは批評家が買って出たのか、又そういう時評とは違った批評を書く場合、批評家がそれではどういうことをするのかという種類のことはそのままになっている。そういうことにまで触れる必要はなかったということもあるかも知れない。併しこれは考えて置いていい問題なのである。

序でにもう一つ批評というものについての見解を示すと、エリオットは「批評の仕事」という彼が書いたものの中でも納得が行かない論文の一つで、批評の仕事は（これは恐らくは読者の）趣味の是正と作品の説明にあり、そういうはっきりした目的があるから創造ではないと言っている。これに対して彼によれば詩や小説や劇は、そこの所が実は甚だ明確を欠くのであるが、目的がないから創造であるということになるらしい。或は、彼の議論をなるべく善意に解釈すれば、これは小説や詩はそれ自体が目的であるから創造であるのに対して批評はそれ自体が一つの作品をなすということの他に、彼の説によれば読者の趣味を是正したり、特定の作品を取り上げてこれを説明したりするという目的があるから創造ではないということなのだとも考えられる。これに従えば林房雄氏は批評の目的は採点することにあるとしていて大波小波子にとってはそれが作品の作者を救うことにあり、何れも批評にそれ自体とは別の役目を与えているからエリオットと同様、批評を文学と見ていないことになる。そうとでも思う他ない。

この三氏の説に共通なのは批評が文学ではないということの他に、批評が必ず何か或る作品を取り上げなければならないものと決めていることである。その昔、日本にまだ西洋の音楽が入って来たばかりの頃或る知人がピアノの演奏家になった所、誰かがその知人に、歌は誰が歌うのかと聞いたそうである。今日の小説家でも、もし私達の小説がなければ批評家に書く材料がなくなってさぞ困るだろうなどと思っているとは信じられない。併し表向きはそういうことになっていて、その為に小説の作者の名前や小説の題名が出て来ない優れた批評が一頃の所謂、大衆文学と同様に、あっても実はあってはならないのだという考えの下に闇に葬られるか、或は何か別なものの扱いを受けている。

「徒然草」は随筆であり、「花伝書」は能役者の心得を書き留めたもので、小林秀雄氏の「モオツァルト」は、あれは音楽の入門書である。関西の本屋の本棚ではそんな風に分類されている。

もし一つの作品にとってそれ自体というものの他に、それが属している形式から推しての何か言わば、その形式の発生期から尾を引いている目的があるという見方をするならば、詩は人間がいい気持になったから作るのであり、小説は人に話をして聞かせたいので、批評は或ることに就て自分の態度が決めたいから書くのである。誰か別な人間が書いたものを取り上げてそれを自分がどう思うか自分に納得出来る形ではっきりさせるというのが、日本で批評と認められている唯一のものである作品評の場合も、その当初の目的だったに違いない。或は英国人が、何か解らないことがあったならばそれに就て一冊の本を書けばいいと言うのもそのことを指している。又これは批評の発生期にそうだったのみならず、或ることに不審を抱き、そのことに就て自分に納得が行く説明が得たいという気持は今日でも批評家がものを書く最も強い動機の一つであり、そういう不審とか懐疑とかいうものがなくなれば批評的な態度というものにも人間は用がなくなる。

人間に与えられたものの中では言葉の他に人間の精神を全面的に動かし得るものはない。我々が納得が行く説明を求めるというのは言葉を探すことなので、その言葉を得た時に精神は安定する。本質的に言えば、文学というのはそれ以外のものではないのであって、最初に人間の精神が驚くことを知ってその原因をなすものを讃美する方向に動いて詩を作るか、これを描いた結果が小説になったか、直接にこれを理解することを求めて批評したかは全くの偶然だったと考えて差し支えない。まだその他にも言葉が取り得る形があって、その何れかの形で言葉が動いた時に作品が生じる。批評は厳しくしなければならないとか、小説は反小説でなければ嘘だとかいうのは書く当人の立場からすれば大きなお世話なのであり、文学でなくても厳しいのは常に自分に対して厳しいのでなければならず、女の服装ではあるまいし、何小説が宜しいなどというのは男が考えることではない。

批評に話を限定するならば、批評が必ず或る特定の、それも誰か他人の作品を取り上げるものという観念は単にその形をした批評が多いことから生じたものとしか思えない。自然さえも詩人を動かすことが出来るならば人間の精神の所産は更に多様に人間の精神を刺戟する筈であって、そのことに就て重要なのは、そこに人工と自然の対立などというものを認めてはならないということである。そこには粗雑と精妙の違いがあるだけであり、ワイルドが書いたものの中で最も美しいのは彼がラヴェンナの教会の穹窿（きゅうりゅう）天井に孔雀（くじゃく）が羽を拡げた所を見ている一節である。それは批評でもあって、こういう名文を前にして趣味の是正も作品の解明もあったものではない。批評で言う解明は自分の言葉が不足している為に自分の精神に不完全な姿をして映るものを自分の言葉で処理して、これを一つの作品に仕上げた時に得られる精神の安定を指している。詩人はそのようにして歌う。

それ故に批評家は他人の作品を取り上げなければならないとか、文学に就て語らなければならないとかいうことにもならない。文学に就て語るとはどういうことなのか。そうして語る言葉そのものが文学を、作品をなしていなければ何に就て語った所で無駄なのである。又他人の作品を必ず取り上げなければならなくて、それが決って褒るとかけなすとか、公平に評価することとかであることになっているのも可笑しな話で、他人の作品を取り上げたならばそれは材料であり、これがどのように我々の精神に働き掛けるか、それをどう我々の精神が用いることにするかはその時でなければ解らず、文学で公平に評価するというのは、これもどういうことなのだろうか。公平である為には万人の前に常に同一の性質を備えているものがあるのでなければならなくて、作品は或る特定の人間を動かした時にその時それを動かした形でしか存在しない。又他人の批評によってしか自分の精神が動かされる具合を決定することが出来ないものは文学の読者の名に価しないのである。

読者が批評を読むのが単にそれを楽む為であるのが詩や歴史、或は哲学その他と同じであることは言うまでもない。何か教えられることがあるとした所で、小説にだって教えられることがあるということがない訳ではない。恐らくは文学を精神の糧などと称して一種の投資と考えているものがより多くの利益を得る為に批評家の作品に頼ることを考え出したのである。つまり、どこに金鉱があるかを批評家に探させる気になっているので、それならば批評家は山師だということになる。生憎、そういう見方をすれば、文学には一匁の金の値打もない。精神の糧というのは全く精神の糧なのである。それとも、そんなことでは月々の雑誌代が損になるとでもいうのだろうか。この辺から漸く文芸時評の問題に入れる。

日本と外国を比較するのは多くはそのようなことをしなくても得られる結論を引き出すのに用いられる手段であるが、日本にしかないことがはっきりしているのはそのことに就て考える一つの材料になる。文芸時評というのがその一例であって、殊にこの文芸時評の場合はそれが日本で起った事情を思うならば、これが日本にしかない理由のみならず、その性格も明かになって来る。

曾ての日本で本年度の収穫というようなことで挙げられる作品は堀辰雄の「聖家族」とか、横光利一の「機械」とかいうものだった。何れも雑誌一冊に載る長さの、併し短篇と言うにはそれに込められた気合いが烈し過ぎる作品であって、こういうものを扱う月々の文芸時評で或る時、それが大きな雑誌でのものであれば、批評家の檜舞台という風に思われていたのも理解出来ないことではない。更にそれが批評家が小説家と組み打ちをやる場所と考えられ、そこから転じて批評家が小説家の作品に点を付けるのが役目と見られるに至ったことも容易に想像される。

そのように雑誌が文学活動の中心となっていたのは日本固有のことで、これは日本の現代文学の生い立ちによって説明出来る。初めから読者がいてその為に書くのでなしに、ヨオロッパから文学の観念を持って来てこれに従って書かれたものが文学であり、それまでのものは文学ではないと教え、その教えを受け入れる弟子を作ってこれを殖やして行くという風な初歩的なことから日本の現代文学は始った。

その教師達の方でも、この新しい観念の下に文学の名に価する作品を書く準備が出来ていたものは少くて、観念が作品で生かされ、作品が逆に観念に肉付けしてこれを日本の文学の伝統と結び付ける状態には今日でもまだ必ずしも達しているとは言えない。これは極く最近までは日本の現代の文学活動が中途半端なものだったということで、そういう中途半端な活動には一冊の本を書くよりも、雑誌にこま切れを発表する方が適しているし、又読者もそのように初めから育てなければならなかったものならば単行本よりも雑誌を出す方が本屋の方でも採算が取れる。

文芸時評の対象が小説に限られて、文学は小説であると見做されるに至った事情もそれで説明される。ヨオロッパの文学とその観念を日本に持って来た時に詩は教師達の理解を越え、思想が文学の領分であることに気付かなければ批評も文学ではなくなり、手っ取り早く西洋臭くてそれでも付き合えるものを求めると、そこに小説があった。

一般に、一つの観念よりもその観念を生身に受けている人間の外観の方が新鮮に感じられるもので、思想を表現するには自分で言葉を探さなければならないが、人間の生活らしいものを描くにはあり来たりの言葉でも足りる場合が少くない。或はそういうことを言うのは許されない贅沢だった程、日本の現代文学の先駆者達、及びその後継者達が置かれていた状況は困難なものだったのである。今日でさえも一つの作品で一箇の人間を描くということが出発点であるよりも、もしそれに成功すれば作品の長所に数えるべきことになっているのであり、日本の現代文学の目標がまず余り長くない小説に置かれたのは当然だったと言える。

雑誌と、文学を短い形式の小説と見る習慣がそこにあれば、月々のそういう小説を扱う批評の形式が生じて、それが文芸時評と呼ばれることになるのは自然の勢いである。ノオベル賞を日本人が貰うなどということがその噂でさえ一騒ぎを起すのもその惰性であって、明かに雑誌と短い形式の小説ではまだ充分に成長した文学とは言えない時、もしその文学の仕事をしている誰かがノオベル賞を貰えばその文学が成長したことが曲りなりにも認められることになるのではないかという願いがそこから感じられる。

併し今日の日本の文学が成長した証拠をそういう全くの偶然に支配された事情に求める必要はないように思われる。寧ろ、それでは昨年度の文学上の収穫に何があったかを考えるべきではないだろうか。毎年、何かそういう収穫があると決めて掛るのも文芸時評風のものの見方であるが、少くとも昨年は安東次男氏の「澱河歌の周辺」と三好達治全詩集と石川淳全集が出た。既に何という雑誌の何月号にどういう作品が載っていたの問題ではないのである。

現状がそうである時、文芸時評の名称に忠実に批評するということはあり得ない。「タイムス」紙の文芸附録は毎週、書評で埋められていて、その一冊も読み切れるものではない。併し文芸時評という名称がまだ行われていて、これが毎月の小説だけを取り上げて書くことならば、それを書いてもいいのではないだろうか。ワイルドは当時の三文小説に就てさえも一流の批評が書ける筈だと言っている。それが何でも屋だったルネッサンスの芸術家達の精神でもあった。

文章論

文章の美などということを言うと、そこから一足飛びに、文学は芸術であるという風なことになって、これは言葉を楽もうという時に何かと邪魔になる。美とはなどと考えなくても美という言葉が持ち出されることで例えば、富士山が雪で白くなっている所を思ったりし、それと自分が今読んでいることとどういう関係があるのかと疑い始めることから読んでいることも頭に入らなくなる。我々が必ずしも美しいと感じたくて文章を読むのではないからで、寧ろただの好奇心からでも知って置きたいことがあって字を追って行く場合の方が多い。字が言葉になり、それが何かを我々に伝えて、普通はそれ以上のことを我々は読むということに求めない。それだから文章は道具だという考えも結構行われている。

道具は役に立ちさえすればそれでいい筈である。併しそう思って見ると、文章が何かを伝える道具だということには限度があるのが感じられて、例えばナイフは切れて或る程度長持ちさえすれば文句を言うことはない訳であるが、その切れるとか長持ちがするとかいうそういう意味での具体的な形で文章のようなものは役に立つのではない。長持ちがする文章ということでも勘違いしてはならないので、これは実際に一つの文章を取って験して見れば解ることであるが、同じ一つの文章がいつも同じではないのである。何とも思わずに読んだものを別な時に読むと急に光り出したり、その逆のことが起ったりしてこれは必ずしも我々の頭が冴えているとか冴えていないこととかに原因しているのではない。それよりも海の色などを考えて見るといいので、海は同じ一つの場所にある海でもその色は始終変り、そしてそういう風に変るのが海というものなのである。

又文章がその役目を果して我々に何か伝えるのもそういう海、或は文章というものであることによってなのである所に文章というものの本質が認められる。何かを伝えると言っても文章は言葉で出来ていて、言葉はどういう言葉でもただ一つの意味しかないというようなものではない。例えば学術用語などはその意味が不自然な位に厳密に限定されているから幾何学の一つの命題はいつもその命題でしかないが、我々が普通に使っている言葉はそんなものではなくて、少し大袈裟な考え方をすれば、生きて行くということが厳密に限定し得るものではない以上、生きて行く為に用いる言葉も正三角形とか切点とかいう具合にその内容を隅々まで決めたくても、それが許されない。そして文章はそうして普通に使う言葉で出来ていて、学術論文のようなものは寧ろその特殊な応用と見るべきである。つまり、文章は先ず生きていなければならない。

生きていることが美しいかどうか、こういう問題で余り勝手な御託を並べるのは禁物である。それを醜いと見るから自殺するものが出て来るのかも知れない。併し文章は生きていなければならなくて、これは我々に何かを伝える前に先ずその何かを受け入れることが出来る程度に我々の精神に働き掛けてこれを掻き立てるものを持っているという位のことと思えばいい。面白い話をすると言って少しも面白くない話をする人間がいる。これは話の材料が面白くないのよりも、我々がそれを面白く思う程度に我々の精神を活潑にしてくれるものがそこにない為である場合が多くて、言葉が死んでいるのである。所が、これは面白い話に限らなくて、何を伝えるにもこのような事情が幾分でもそこにあり、どんな言葉を使っても伝えられることは大抵は言葉を使わなくてもすむことである。例えば方向が示したければ矢を一つ書くので足りて、矢の印は言葉ではなくて一つの記号に過ぎない。

それ故に文章の美などと言うと話がこんぐらかるが、簡潔な文章とか要領を得たものとかいうことになればこれははっきりした意味があって、誰かが書いたことがてきぱきと何か伝えるべきことを我々の精神に叩き付けて来れば我々はそれを受け入れて目が覚めた思いをする。この場合、その何かが単純な性質のものだから我々に直ぐ呑み込めるのだと思ってはならない。矢印その他の図解で示せる位単純なことならば別であるが、言葉を使わなければ伝えられないことはそれが如何に当り前なことであってもその言葉の使い方が可笑しい時には半分も、或は全然伝わって来ないのである。太郎は花子が好きになったというのは書き方の問題ではなくてただそう書けばすむことなのだと思うものもあるかも知れないが、それならば小説などでそう書いてあるのを我々が読んでそれをはっきりそうと感じることがどの位あるだろうか。恋愛小説と称しながら恋愛はどこにもありはしないので、これは美以前の問題であり、そこにも文章などというものに就て語る難しさがある。

雨が降っていたのならば雨が降っていたと書けばいいじゃないかとチェホフは言った。その通りであるが、問題は雨が降っている時にそれを雨が降っているのだと認めるのと同じ位に着実に、或は明快に何でも自分が伝えたい事情の性質を見極めることで、流石に天候の判断には我々人間が子供の時から馴れているのか、天気のことを文章で表すのはそう困難なことではなくて、この日は天気がよかったと書いてあればその辺がどことなく明るくなっている感じがする。併し太郎は花子が好きになったということになれば、その位のことでさえも、そう簡単にはすまなくて、これを言葉で表すには先ずその太郎という人間が言葉の上で確かにそこにいなければならず、花子も同様で、その上に更に、好きになるというのがどういうことなのか、或は、この特定の場合にそれがどういうことだったのか、そのことを書く人間にとって第一にそれがよく呑み込めている必要がある。

生きて行くということ自体がどういうことなのかはっきりしていないのは既に前に述べた

通りで、その延長で一人の人間にとって或る人間が好きになるということも雨が降っていたから降っていたと書く程明確な断定が下せるものではない。チェホフはこの一例で凡て文章というものが取るべき形を示したのである。そして勿論、言葉で表し難いのは太郎さんと花子さんの情事に限ったことではない。天候でさえも、例えばポオが「アッシャア家の没落」で描いている沼地の或る晩の天候は我々がそれを読めばこの上もなく明確であるが、それだけにポオがその頭にあった架空の天候の実体を摑むのにどの位その精神力を用いたか、又その結果である言葉が如何にそのようにして鍛えられたものであるかが窺える筈である。そして或ることを探るにも言葉で探る他ないので、それを探り当てたということはそこに明確な言葉が現れたことなのである。言葉が生きていなければならないというのはこのことを指していて、何か生きたものを表す言葉が生命と生命の機構よりも単純であってすむ訳がない。

そうすると、天気のことを書くのでもチェホフの言葉を我々が誤解して考える程容易ではないということになる。併しこの困難を乗り越えた結果が我々の精神に直接に迫って来る文章というものであって、兎も角、文章というものの魅力はそこにある。我々はこの結果を得る為に精神力のどのような奇蹟が行われたかということも考える必要がなくて、言わば我々はその奇蹟の中に置かれ、空模様どころではなくて、そこでは言葉で言い表せないものはない。小林秀雄氏は名文というものの一例として平家物語の、畠山重忠が宇治川を渡る所を扱った次の一節を引いている。

うち上らんとする所に、後よりものこそむずと控へたれ。誰ぞと問へば、重親と答ふ。大串か、さん候。大串の次郎は畠山が為には、烏帽子子にてぞ候ひける。あまりに水が早うて、馬をば川中よりおし流され候ひぬ。力及ばでこれまで著き参つて候と言ひければ、畠山、いつも殿原がやうなる者は、重忠にこそ助けられむずれといふまゝに、大串を摑んで、岸の上へぞ投げ上げたる。投げられてたゞなほり、太刀をぬいて額にあて、大音声をあげて、武蔵の国の住人大串の次郎重親、宇治川の歩立の先陣ぞや、とぞ名乗つたる。敵も御方もこれを聞きて、一度にどつとぞ笑ひける。

ここには複雑なものは何もなくて、それはこれを読んで行くうちに我々の精神の内部で繰り拡げられる一つの光景以外に複雑なものの一切を言葉が片付けてしまっているからである。別な例を挙げると、小林氏自身が書いたものにこういう一節がある。

彼は部屋を出て街をさまよう。そして石ころを眺める様に樹木を眺め、樹木を眺める様に犬を眺め、犬を眺める様に人間を眺め、人間を眺める様に、政治や文学や科学やを眺める。彼は、今出て来た部屋を思い出しているに違いない。遂にあの部屋に帰る為に、これら凡てのものを、まさに見えるが儘の姿に還元しようと、どれほど執拗な分析を費して来たか。彼は、観念によるどの様な綜合も単純化も行わなかった。彼は感覚の与件に固執した。一枚の木の葉を感ずる様に、一個の言葉を、いや様々な意見、様々な思想のシステムを感じようと努力して来た。そして夥しい仮定や約束の上に立った夥しい真理（vérité）の群は、ことごとくそれぞれのニュアンスを持った現実（réalité）となったと信ずるに至った時、彼は、テスト氏の部屋に坐っていた。今、部屋をさまよい出て、彼の眺める街頭の風景は、以前と寸分違わぬ風景である。彼は、風景のどんなニュアンスも捨てた覚えはなかったからだ。だが、今は彼には帰って行く部屋がある。

ここにも複雑なものは何もない。或は、ここにある言葉を書くのに費された力が言葉に残っていて、それが我々に働き掛けて我々の精神を言葉が我々に伝えることを理解する作業に堪えるものにし、凡てはここに書いてある通りに我々の精神に映る。優れた文章というものの魅力はこうして我々の精神に活気を与えるものがあって、いつになく精神が働き出すということに負う所が多いのかも知れない。いつになくでなくてもいいが、兎に角、眠りから覚めるというのは常に快感を伴うもので、それが言葉の場合は、眠りから覚めさせるものが同時に又、眠りから覚めた精神に与えられた活動の材料でもある。或る言葉に打たれるというのはその言葉に惹かれてその方に向うことでもあり、刺戟と刺戟された結果の活動が言葉では一つになっている。一口に面白いというのも言葉のそういう作用を指すのではないだろうか。冒険は面白いものである筈なのに、つまらない冒険小説もあるのはその為である。

つまり、我々が冒険小説を面白いと思うのはそれが書いてある言葉を面白く感じるので、言葉が駄目では話も台なしになる証拠に「ロビンソン・クルウソオ漂流記」は文句なしに面白いが、これを或るスイス人の小説家が真似て書いた「スイス人のロビンソン一家」は読めたものではない。これは事実が間違っているということにも大して関係はないので、「ロビンソン・クルウソオ」を書いたデフォオはアフリカの獅子を象位の大きさにしている。それでデフォオの文章に美を認めていいだろうか。繰り返して言うように、美ということになると話がややこしくなるが、デフォオの文章にある言葉の働きが小林秀雄氏の、或は平家物語の文章に見られるのと同じであり、この三つの文章で我々の精神が言葉に触れて活動し始める有様にも変りはないことは確かである。その味を知ったものには文章の美というようなこととは二の次の問題になる。

それで美に就て語るよりも、例えば文章で読ませるなどという言い方が行われていることに就て考えて見るべきである。文章でなくて、それでは我々は何を読むのだろうか。その他に事実というものがあると言っても、事実は言葉で表すものであって（言葉で表すのではない事実を我々は読みはしない）、それを表した結果が文章であり、そのよし悪し、或はそこで言葉が生きているか死んでいるか、言葉に血の気が通っているかどうかで我々が受ける印象の質が決り、この印象というのは事実その他、文章の内容であることになっているものと別なのではない。そういうことを言う積りではなかったという逃げ口上は文章では許されないので、言ったことがそこにある文章であり、又その内容であって、それに従って我々が読んだことを判断するのが読むということなのである。何か皮とその皮が包んでいるものという風に考えることは許されなくて、寧ろ生物学的に見た皮と肉以上に有機的に一つになったものを言葉はなしている。樹液が木の皮になり、根にもなると言った方が正確だろうか。

中身と同じ質のものが外気に当っているのが木の皮である。言葉も確かに皮ばかりの形で使えて、それが美辞麗句とも呼ばれ、美文でもあって、これは殆ど音だけの問題であるから寧ろ音楽に近い。併し音楽の立場からすれば言葉は幾ら皮だけに使っても無駄な要素が多過ぎて、綺麗に聞えるというのも単調極るものであり、結局、美文は美文に過ぎない。つまり、言葉を皮だけに使うというのは無理なことなので、我々の精神は掻き立てられる代りに眠らされ、その何よりの証拠に退屈して来る。木の皮の部分だけを切って取ってしまえばそれが事実、皮でしかなくなるようなものだろうか。動物の皮にした所で皮と肉が違った細胞で出来ているのではないのであり、それが本当に皮だけになるのはこれを剥ぎ取って鞣（なめ）して靴でも作る時である。我々は再びここで言葉がその役目を果すには生きていなければならず、要するに、生きものなのだということを思い出すべきである。

　言葉は生きものであるから同じ一つの文章でもいつ見ても同じ顔付きをしているとは限らない。海とともに変化し、我々を動かす場所が一定していなくて、これによって我々は言葉が我々に語り掛けることの違った面を知る。平家物語の文章が悲しく響くのも、勇壮に思えるのも単に我々の方でそんな気がするだけなのではなくて、何れもこの文章が我々に正当に伝えることとなのである。小林秀雄氏のうちに一人の詩人を見るのも、酔っ払いが管を巻いている所を想像するのも氏の言葉の魔術、と言う所だったが、話が曖昧になるのを避けるならば、その生命力による。併し生きた文章というものはそれがどんな顔付きをしていようと、その文章であって生きていることに変りはなくて、これは一人の生きた人間と付き合っているのと同じである。これはそうあるべきことであって、言葉が生きているということを言い換えるならば、それが生きた人間の言葉になっているということでなければならない。

前にデフォオの「ロビンソン・クルウソオ」を挙げたが、これは勿論、原文で読んだ場合としてである。言葉が同時にその言葉の内容でもあり、その言葉に就ての一切であるならば、或る文章を何かの形で変えた結果の出来、不出来はその結果によることになる。この頃は外国の作品をその訳で読むのが当り前のようになり、又その要求に答えて大概の外国の作品にはその訳があって、どうかするとそれが幾通りも出ているが、ここまで書いて来たことによって一つの作品とその訳が同じ一つのものでないことは明かである筈である。勿論、駄文をひねくり廻してそれを書いた人間がどういうことが言いたかったのかあれこれと臆測するように、訳を苦心して読んで原作がどんなものなのか想像して見ることは出来る。併しそれはその訳が文章になっていないということで、もし原作が文章をなしているものならばそれを文章でないものに直して何が読者に伝わるか怪しいものである。

飜訳の文章も先ずそれが一箇の独立した文章になっていなければならない。これが原作からも独立した文章であるのは言うまでもないことで、もしそれがそういう一箇の文章でないならばそれを読むものに何も伝わりはしないのであるから、原文から伝わるものもそこにはない。飜訳とその原文はそういう関係に置かれているのである。よく忠実な訳ということを聞かされるが、国語によって言えることと言えないことがあり、そこを無理をして体をなさない文章を書く時、これは原文に照して見れば何故そのような妙なことになったかが解るということで、それならば初めから訳すことはなかったのである。又事実、訳せない文章というのはどこの国の国語でも書かれている。例えば日本の秀歌の多くは訳せなくて、これは日本の詩人が全く厳密に言葉を使っている為にそれを日本語でも他の言葉には直せないからであり、こういう例はヨオロッパの詩にも幾らでも出て来る。厳密に言えば、一流の作品はどこの国のものでも、又それが詩でも、散文であっても訳せないのではないだろうか。

つまり、飜訳も文章であって、文章というものに就て言えることは凡て飜訳にも当て嵌る。従って又、飜訳などというのは殆ど機械的に出来ると考えているらしいものがいるにも拘らず、一箇の独立した文章をなしているものがその原作に当る外国の作品と何かの意味で連絡を保っているという形でしか飜訳は成立しない、というのは、飜訳の用をなさない。又それは非常に困難なことのように思えるが、文章というものが一般にどんな風にして書かれるかということを考えるならば飜訳も全く不可能なことではないのである。或る材料が頭にあって、それを言葉で表現するのが目的で我々は文章を書く。この場合、その材料がそれまで誰も手掛けなかったものである必要など少しもないので、寧ろどんな文章でも、その材料をなしているものはその前に何度も文章で扱われていると見た方が事実に近い。それならば外国の文章を読んでその一句ずつを材料に用いてこれを自分の国の言葉で表現することを試みることも、又それに成功することも決してあり得ないことではない。

正確な飜訳というのはそういうものであって、それはこれ以外に原文に書いてあることを少しでも別な国語で生かす方法はないからであり、従って又、遂語的に正確な飜訳などというものが仮にあったとしても、それは全く偶然の一致に過ぎない。飜訳も文章であることをここでもう一度繰り返して言う必要がある。それ故に優れた飜訳ならば原文のことを考える余地がない筈であって、それが原文であり、又そういう文章なのである。そうすると、ここで初めに戻って、文章の美、飜訳の美の問題はどうなるのだろうか。文章はそれをなしている言葉が生きている時に我々を動かす。所で、生きているということが美しいか、醜いかは人々の判断による。併し生命の躍動は確かに美しい感じがする、とだけは少くとも言えるようである。

諷刺と笑い

例えばスウィフトと言うと、これは諷刺家であることになっていて、その「ガリヴァア旅行記」は諷刺文学の一つの極致と考えられているようである。確かに「ガリヴァア旅行記」の毒を薄めて子供用に焼き直したのではないその原文は諷刺文学と呼ぶ他ないものであって、子供用の焼き直しでは巨人とか小人とか、空を自由に飛び廻る島とかいうことが主に読者の注意を惹くのとは反対に原文ではそういうものが幾ら出て来てもそれが意匠、或は口実に過ぎない作者の人間というものに対するどうにもならない気持の方が目立って、これが読み終るまで読者を離さない。それが僅かに和げられるのはガリヴァアが馬の国に来て、作者が馬に託して別な種類の人間観に就て語る所であるが、曾てそのことを書いたら、そんなことがあるものかと抗議されたことがあった。恐らく、その人は馬が嫌いで、作者が馬を人間様の上に置いたことが忘れられなかったのに違いない。

どうにもならない気持というのはそのまま言い表したくても言葉を欠くから諷刺の形で書く他なくて、一般に、その気持が烈しければ烈しい程諷刺は利いて来る。これが諷刺というものの正体のようであって、言葉になり難いことを言葉にしないではいられない為の苦心が諷刺を利かせる結果になるのは言葉を使って何かする凡ての場合と共通であると考えられる。そして諷刺にはけ口を求めたくなるのは誰にでもあることであるが、それがスウィフトに見られる場合にいつもそうだったという印象を与える所まで行っていることが諷刺家であるのに、或は諷刺するのになくてはならない条件であるかどうか、そう簡単に断定出来るものではない。我々は安心してスウィフトの毒舌とか、その仮借しない眼とかいうことを言っている。我々自身はそんなことをしないでいられると思っているからであるが、スウィフトと我々の間にそれ程の距離を置くならばその毒舌を毒舌と感じるにも差し支えることになりはしないだろうか。それがスウィフトを人間でないものに仕立てることだからである。

そんなことから天才とか芸術家とかいうものに対する過信や、少くとも自分にはそういう人間を理解することが出来るという選民意識が生じる。こういう場合に大切なのはスウィフトが書いたものを諷刺文学の極致と考えたりすることよりも、我々自身がスウィフトと同様の状態に置かれることに堪えられるかどうかを自問して見ることであって、その際に、スウィフトは天才だったからというのは逃げ口上に過ぎず、そういう態度を取るのならば何文学の極致という種類の判断は撤回しなければならない。それ程冷たく突き離した人間がしたことを評価するなどというのは言語道断だからである。併しながら又、我々にスウィフトの真似は出来ないと見る時それが必ずしも我々には到底そんな真似は出来ないと考えた結果であるとは限らない。我々はそういうことをするのを好まないという態度を取ることも許されるし、我々がそういうことになる誘惑に打ち克ったと主張する立場にあることも充分にあり得るのである。

これはスウィフトを、或はスウィフトのような人間を仲間外れにしないで一箇の人間と見ることであり、その上でならばスウィフトが書いたものも我々にとって意味を持つ。既に大分前から我々が何か読む時それを書いた人間が人殺しをしたとか、泥棒だったとか、女を瞞すことに掛けての常習犯だったとかいうことを勘定に入れる必要はないということが一般に認められた一つの原則になっている筈であり、ヴィヨンが泥棒だったからと言って我々も彼の詩を読んで泥棒がしたいとは思わない。それならば我々は一人の不幸な天才が我々の不幸な仲間の一人であることを認めた上で我々もそうなりたいなどと思わずにその人間が書いたものをただ読むことも許されるので、又事実、誰が書いたものでもそういう風に読む他に方法がない。もっと具体的に言えば、我々が読む時に必要なのはスウィフトという人間ではなくてその作品であり、読んだ後でスウィフトという人間に就て考えることになればそれはもっと直接に人生の各種の問題に我々を導く筈である。

スウィフトが晩年に或る短い期間だけ正気を取り戻したことがあって、この期間に彼の傑作の幾つかを書いているが、その中にアイルランド人の赤んぼの肉を食用に供することを提案した文章がある。一見して彼がその精神の機能を完全に取り戻して書いたことが解る名文であって、毒舌が好きな人間はこれを読むといい。十八世紀の英国で英本国の支配下にあったアイルランドの人民は貧苦の極みに達し、スウィフトはダブリンにいてこうしたアイルランド人の窮状が絶えず頭にあった。そういう貧民の赤んぼの肉を食用に供するというのは、これを英本国に送ってその代金でアイルランドの経済上の復興を図り、同時に又そうすることで人口を減らして、合せてアイルランドの貧民の救済に資するのが趣旨であると彼は説明している。その為に彼が挙げている数字もアイルランドで毎年生れる赤んぼが何人、一人当りに取れる肉の重量が平均何ポンド、それを一ポンド幾らで売って総額が幾らと凡そ詳細に亙ったものである。この諷刺は余りに徹底したものだった為にそれを読んでスウィフトはひどい奴だと言ったものがあったという伝説も残っている。

事実、目も当てられない文章であるとも見られて、それを救っているものはこの名文の形を取ったスウィフトの熱意である。我々日本人の習慣では熱意と来ればもうそれでいいので、序でに天才、毒舌、絶望、孤独というようなことがそれに付けば我々にとって何も言うことは残っていない。このスウィフトの文章には熱意も、天才も、毒舌も、絶望も、そして又孤独も凡てある。併し結局アイルランド人の窮状を救ったものはこの文章でも、又他にもスウィフトが書いている幾つかの諷刺文学上の傑作でもなくて、そうした窮状が英本国にとっても不利であることを知った政治家達の遥かに打算的な政策だった。スウィフトが書いたものは純然たる文学に対する寄与である。そして又それは彼を更に狂気に向って追いやるのを手伝ったかも知れない。或は又それは彼を多少は狂気から引き戻す役目をしたかも解らないが、一つだけはっきりしているのはスウィフトがそれ程までに人間というものに対する彼自身の気持に憑かれていたことである。

妥協というのは英国人の発明ではなくて、既にギリシャの賢人達が皆これを説いている。つまり、程々にするということであって、それが今日の日本ではいい加減にして置くことの同義語になっているのは今日の我々がギリシャの賢人達よりもそれだけ利口になったことを示すものではない。別な言い方をすれば、一切の妥協を排するという態度が取れるのは問題の範囲から眼を背けているからで、精密な計算や周到な推理というものは常に妥協であり、それはどういう問題でもその問題に就ての凡ての条件、或はその出来る限り多くを考慮に入れて解決されなければならないからである。従って、視野が広ければ広い程問題の解決は完全に近いものになり、同時にそれ故に又、青筋を立てることよりも息を整えることが大事になって来る。我々日本人は不必要な時に笑うということをよく聞かされるが、それは我々がそうして笑う意味が相手に解らないのに過ぎないということもあって、その笑いは問題の、まだ双方が触れていない部分があることを示すものであり、又事実それは我々の注意をその方にも持って行く働きをする。

スウィフトがそれ位のことを知っていなかった訳がない。彼の諷刺が痛烈極るものであるのは彼の眼が諷刺の対象の隅々まで行き渡っていて抜け道を残さないことから来ている。又それ故にその対象になっていることの他にも多くのことがあり、それを取り巻いているそれぞれの世界の他にも幾つもの世界があることも彼には解っていた筈で、彼の不幸はそれにも拘らず、彼が見詰めていることから眼を逸らすことが出来ないことにあった。マシウ・アァノルドの「エトナ山に登ったエンペドクレス」という悲劇でエンペドクレスが彼を死に駆り立てる思索に耽っている時カリクレスという別な人物が、そこを遠く離れた温かな湾にアドリア海の小波が砕けていて、そこで二匹の年取った大蛇が日向ぼっこをしていると歌う所があり、E・M・フォオスタアというやはり英国の小説家がそこを指して、それがアァノルドが提唱した人生の批評である詩の一例であると言ったことがあった。

併しこの二匹の大蛇というのはギリシャ神話で空の女神のヘラの迫害に堪え兼ねて神々に祈って大蛇に変えて貰ったカドモスとハルモニアの老後の姿であり、スウィフトもそうして人間であることを、或は、人間であって人間を憎む人間であるのを止めることを願ったに違いない。彼のそのような人間らしい気持が一番よく現れているのは前に一度触れた「ガリヴァア旅行記」の馬の国を扱った部分である。併しそこでも馬に使役される人間のヤフウどもが現れればスウィフトの気持は忽ち憎悪に変って、彼がそれまで人間というものに就て考えていたことの凡てがヤフウどもに託してぶち撒けられる。その部分は人間というものが曾てこれ程までに罵倒されたことがあるだろうかと思われる位で諷刺は痛烈でなくなり、諷刺でもなくなって我々はただスウィフトの憎悪をそこに見る。一箇の人間がそのようなことに長く堪えていられる筈がない。

これは諷刺家であるのに最も適した事態であるが、そこまで来ると諷刺するということも意味がなくなる。我々人間にとって決定的に大切なのは人間であることであって、諷刺の目的もそこになければならず、「ガリヴァア旅行記」でも馬の国に就ての部分が兎に角この作品の中心に置かれているという印象を受ける。スウィフトも彼の友達のポオプに宛てた手紙で言っている通り、本質的に人間を嫌ったのではなくて、寧ろ人間が人間であることを望み（それがどういうことであるかを彼は馬の国の馬達に就て彼には珍しく温かな語調で書いている）、単に彼の周囲にいる人間が示すその醜悪な面に愛想を尽かしただけなのに違いない。

併し彼が愛想を尽かすということはそれに堪えてこれを乗り越えることでも、他所に眼を転じることでもなくて前よりも一層、自分が愛想を尽かしたことに注意を集中することだった。それが彼が背負わされた宿命だった。

そういう宿命に縛られていなければ諷刺も別な形を取り得ることが考えられる。この諷刺というのは非常に古い文学形式であって、それがロオマの時代に発達したことは言うまでもないが、英国の文学でも最初からこれがあってチョオサアの「キャンタベリイ物語」にもその優れた例が幾つかある。併しチョオサアは別に諷刺家であることで人間であることを止めたくなるようなことはなかったので、それは何よりもこの物語全体を包む人間臭い空気によってはっきり示されている。そして寧ろこの方が当り前なのであって、人間の欠点が許せない気持というものは解っても、もしその欠点の方が自分の注意の余りに大きな部分を占めることになるのならばそこには何か異常なものがあると見なければならない。どう考えても人間は人間の欠点を憎む為に生れて来たのではないし、その為に生れて来たように思われる人間には何か不具なものが感じられ、確かにスウィフトの異常な天才にはどこか不具な所がある。

ただ一つそのことに別な説明が付けられるならばそれは、これもスウィフトがポウプに宛てた手紙で言っていることであるが、諷刺することでその対象を除き、そうした諷刺をする必要をなくすことが出来るという見方をする場合もあるということで、そしてこの見方は間違っている。この点スウィフトは彼が描いている馬達と同じ位単純だったので、人間や人間の社会の悪が痛烈な諷刺でどうにかなる程度のものであるならばそれを諷刺すべき理由は初めからないのである。併しスウィフトは自分の傷き易い心に照してそれを凡ての人間に想定し、彼の毒舌が何の効果も収めないのを見た時そこに鉄面皮の人間に対する感情が生じた。これは親が自分の子供が殺したくなる位憎らしくなることがあるのと同じ心の動きに属している。スウィフトは諷刺を「世界を直す」為の武器と考えているとポウプに宛てた手紙で言っている。その世界は今日の我々が読んでも戦慄するような痛罵を浴びせ掛けられても一向に平気な顔をしていてスウィフトの心は更に傷き、その疼きは次の痛烈な諷刺になった。

そのことを思えば、我々は諷刺というものの役目に就て考え直さなければならない。孔子は諷諫を五諫のうちに入れていて、我々も諷刺することがそのもとになったことを相手に止めさせるのに効果があると考え勝ちであるが（それが人情というものかも知れない）、諷刺とは違ってもっと劣悪な慢罵と同様に諷刺は自分に返って来るものである。併し又その点でも慢罵と違って、利いた諷刺ならば視界が開け、我々は一つのことの中に閉じ込められる代りにその外の世界との連絡を回復する。例えばハムレットが、あの雛は卵の殻を頭に載せたまま走って行くと言えばそこにハムレットの精神の健康は保証され、そして又ハムレットの他にそれを聞いたものの精神の健康も保証される。それならば言葉を換えて、諷刺はそれが向けられているものよりも諷刺を理解するものの間でだけ有効であると言ってもいい。もともとスウィフトの悲劇は諷刺を理解しないものでもそれを理解すると思ったことにある。

一般に日本の江戸時代の落首、或は勿論、これは江戸時代に限ったことではなくて、それ以前から日本で行われていた落首というものは民衆が政治上のことを公然と口にするのを封じられていたので暗に諷刺の形でそれを言う方便だったと考えられている。併しスウィフトの頃でも英国ではそのような拘束はなかった訳で、スウィフトは初めは自由党、自由党の人々と喧嘩してからは保守党の味方をして盛に書き、その諷刺が痛烈なのは定評があるものになってもそれでその時代の政治が大きく動くということはなかった。当り前な話で、例えば「アンクル・トムス・ケビン」がアメリカの南北戦争の原因になったという見方をするものは戦争が起る時は一篇の小説が書かれても書かれなくても起るものなのだということを忘れている。或はヴォルテエルの言説はフランス革命を予想させるかも知れないが、正確にはフランス革命が準備されつつあった時にヴォルテエルとフランスの百科辞典の一派が現れたと考えるべきである。又江戸時代、或はそれ以前の日本の民衆もその位のことは知っていて、事態が切迫すれば落首などという生ぬるい手段に頼らず、一揆や米騒動を起した。

諷刺は人間の精神の働きを直接に示すものであって、それ故に政治よりも寧ろ文学に属している。それ故に江戸時代の為政者達が落首を重視したのはそれ以外に民衆の声を聞く方法がなかったからではなくて、これによって施政の結果を具体的に、民衆の生活に即して知ることが出来たからであり、この時代に民衆も洒落を解すれば政治に当っているものも洒落を解し、諷刺の効用が諷刺するものに限られていないという恐しく風通しがいい状態がそこに見られるのである。所謂、民主主義もそれを目指しているが、これが日本の歴史の上で実現されたのは極く最近の所では江戸時代だった。この頃の言い方を真似て、それで政治がよくなったかどうかということは政治学の先生達に聞く他ない。併し諷刺が通用するというのは人間の精神が自由に働く時に限られていて、その自由がないことがスウィフトに最も重苦しく感じられ、結局はそれが彼を狂気に追いやったのかも知れないのである。

人間が自由である時それは制度が人間に自由であることを許すからではなくて、自由だから自由なのである。これを政治も目指しているが、それでも人間の精神が自由に働かなければそれ切りなので、人間の歴史の方がその一部に過ぎない政治史よりも遥かに興味がある理由もそこにあると言える。この時、人間の歴史というのは人間が人間であることを証明した事例の記録であると見ることが許される。その証明が諷刺の形で行われることもあって、そうなるとこれは言葉による諷刺だけの問題ではなくなる。その点ではダモクレスの剣の話などは如何にもやり方が拙劣であって駄洒落にもならないが、歴史を引っくり返して見るとその時代の政治組織がどうだったという種類のことを離れて、他人様はどうだろうと俺はここにこうしているという風な人間が顔を出し、それがあれば我々はその時代に就てその頃は選挙が完全な形で行われていたということを知ったりするよりも遥かに安心する。

ワアテルロオの戦いの後でウェリントン公は、この頃の言い方を真似れば、国民の英雄というようなものになって内閣を組織し、そういう場合の常として何年かするとひどく評判が悪くなり、ロンドンの家が暴徒に襲われたこともあって、政府は彼とその家を保護する為にその家の廻りに鉄柵を作ることまでした。そして又何年かすると、やはりそういう場合の常として当時の内閣が不人気だった煽りでウェリントンは又評判がよくなり、或る日、群衆が歓呼して彼の馬車に付いて来たが、ウェリントンは知らん顔をしていて馬車が鉄柵の中に入ったのを見澄まして振り返り、丁寧に帽子を取って振ったという話がある。ウェリントンならば徳川幕府の老中連と話をすることが出来たに違いない。それは又彼ならば下駄をつっ掛けてちょっとそこの銭湯まで行っても少しも可笑しくはなかったということであって、事実そういう話も彼に就て幾つか残っている。

メッテルニヒはどういうのか日本では彼が弾圧したイタリイの愛国者達の立場から主に見られているが、兎に角彼に就てはこういう話がある。彼は大体の所はオォストリアでも始終、不評判だったようで、或る時群衆がパンを寄越せと叫びながらウィインの王宮に押し掛けたことがあった。そしてその叫び声が余りもの凄かったので廷臣の一人が震え上り、あれは一体何なのですと聞いた所がメッテルニヒは、あれが民主主義者達によれば神の声なんですよと答えたと伝えられている。例の、vox populi, vox Dei をもじったのであることは言うまでもない。これも諷刺の部類に入るだろうか。少くとも諷刺の本質はここにも示されていて、利いた諷刺をするものの眼は、スウィフトの場合と違って、いつもどこか他所に転じられているようである。スウィフトは自分が見詰めているものから眼を離すことが出来なくて、それが痛烈な諷刺になったのはその際にも、或は殊にそういう際には、調子を幾段か下げなければ何も言葉にはならず、言葉を得る為に顧みて他を言う努力が言葉を研ぎ澄ますからである。

諷刺の目的が諷刺の対象になったものを除くことになくて（それを言葉でする積りならばもっと通俗的な言葉遣いが必要になって来る）、精神に息抜きの場所を与えることにあると見るならば、スウィフトに就ては、あれ程までにしなくてもという感じにどうしてもなる。それ程までにしなくてすんだのならばスウィフトではなくなる訳であるが、それならば諷刺というもの自体はいつもスウィフトの緊迫し切った態度と結び付けて考えなくてもいいものなのである。パニョルの「トパアズ」という喜劇の脚本の冒頭にはパリの或る床屋が作者に言ったことという説明付きで、「正義というものがあったならば、社会なんて持ちやしませんからね、」という言葉が掲げられている。その言葉によって社会のどういう不正も除かれなかったと指摘するのは意味がないことで、繰り返して言うと、スウィフトのどんな猛烈な毒舌も十八世紀の英国に見られた不正を一つも除きはしなかったのである。

パニョルの「トパアズ」そのものが見方によっては当時のフランスの社会に対する徹底した諷刺になっている。主人公のトパアズはお人好しであるが、見よう見真似でその雇い主よりも二廻りも三廻りも大変な悪ものになり、雇い主からその地位も女も取り上げて、何かかんかと人がものを頼みに来る程の名士になる。その女に自分の人生観を言って聞かせる所もあって、それによると、原始時代の男達の価値は狩りに出掛けて持って帰って来る肉の塊の大きさで決り、女は何もしないでぶらぶらしていると見せて、男達の中で一番大きな肉の塊を持って帰って来たものの方へ寄って行くというのである。トパアズは自分が信じている通りのことを実現した訳で、その方法に至っては、「あれはマダガスカル島の土人に土人が持っている土地を売り付けに行った、」などという台詞も出て来る。パリの床屋の言葉はそうなると愈々利いて来る。

パニョルが「トパアズ」を書いたフランスの一九三〇年代には実際にトパアズのような人間やトパアズがしていることに似た事件が幾らもあったに違いない。それで床屋の店でもそういう話が聞けたのであるが、パニョルがそれならば義憤に燃えて「トパアズ」を書いているかと言うと第一、我々がこの芝居を見ていて、或はその脚本を読んでいてそんな感情に誘われたりしない。如何にも悪ものは悪ものであってそれが面白いのであり、トパアズが女を口説く段になってその前で何とか男爵という人間の女を褒めちぎり、この頃は男爵と縁が切れているそうだからと言う所まで来ると女の方がそれまでの男と直ぐにも話を付けるからと言って立ち上って、我々も、こう来なけりゃと思う。この喜劇が勧善懲悪の趣旨で書かれたものでないのは勿論のこと、社会の不正を糾弾して止まないという態度からも程遠くて、我々もただこの喜劇を楽むばかりである。

それだからフランスは今度の戦争でドイツに負けたのだと、話が諷刺のことになると我々は兎角に功利主義的になる。それに従って、戦争に負けるのもいいことになったり、悪いことになったりするのであるが、社会の腐敗が一篇の秀抜な諷刺劇で格別に糾弾されているとも見えないからそれで戦争が起るとか、戦争に負けるとかいうことになるのではやり切れない。第二次世界大戦が「トパアズ」が書かれた後で起って好都合だったというようなもので、その種類のことを離れて考えて見るならば、少くとも当時のフランスの社会に向けられたパニョルの眼が曇っていないことは確かである。又曇っていなかったからこそ肩を怒らせる必要もなかったので、パニョルはその作品の中で煽動演説など試みていない代りに黒を白だと言いくるめてもいなくて悪ものはここでも悪ものであり、その悪ものがしたことが褒めたことになってはいない。その点少しも仮借してはいないのである。

第二次世界大戦が起った当時、殊にマジノ線がドイツ軍に突破された頃はフランスの喜劇作者による社会の糾弾が生ぬるくてそれでフランス人は骨抜きになり、というようなことが、やはり盛に言われたものだった。併し今になってその頃のことを振り返って見ると寧ろあの時代にフランスが置かれていた状態でフランス人が魂まで腐っちまわなかったことに対して敬意が表したい気持の方が強くて、そういうことにならなかったのに就てはフランス人の伝統的な諷刺の精神がどれだけ大きな役割を果しているか解らない。どうせ話が功利主義的になるならば諷刺の効用が人間が人間であるのを助けることにあるのを認めるべきで、そうするとパニョルも、ヴォルテエルも、或はディドロも、又はラブレエも我々、今日の日本人が軽蔑しなければならないことになっている純粋に楽みでしかないものを提供するだけのものではなくなる。併しその時我々は同じようにスウィフトの作品を楽むことが出来るだろうか。

そこにスウィフトの諷刺に対する疑問が生じる。その対象から眼が離せない所にスウィフトの諷刺の特異な魅力があるが、我々の方で眼を離せば、それでも我々を追って来るものがスウィフトが書くものにはない。何も餓え死にし掛けている十八世紀のアイルランド人だけが我々にとって問題なのではないし、馬の国のヤフウどもは人間という醜悪なものの印象を忘れ難く我々の精神に刻み付けても、それでも次に例えばシェイクスピアの芝居でミランダとか、或はフォルスタフとかいう人物に出会えば我々はやはりヤフウどものことを忘れるのである。併し又例えばヴォルテエルの「カンディイド」で二つの国が戦争を起し、やたらに殺戮が行われた後でどっちの国の国王も銘々の国の首府で戦勝を神に感謝する荘厳な礼拝式を行う所など、国王が戦勝を神に感謝するというようなことがなくなった今日でも充分に我々を楽ませてくれる。或は我々を——ここで何か功利主義的なことを付け足せばいい。

手短かに言えば、スウィフトの諷刺は我々を笑わせる種類のものではない。スウィフト自身は笑うどころではなかったから我々の方でも笑えないのかも知れなくて、ここまで来ると原則論をしなければならなくなり、我々は笑えない状態というものに用はない。スウィフトは一生発狂するのを恐れ続けて、晩年になって木が一本枯れ掛っているのを見た時、この木は私と同じで先の方から駄目になって来ていると言った。恐らくスウィフトが残した最も切実な諷刺の一つであるが、笑えない状態の連続というのは結局は生きていることの拒否を意味する。我々が笑うことで他の世界があることを思い出すというのはそれを思い出すから笑うのか、或は笑うこと自体にそれを思い出させる力があるのか解らないが、兎に角ベルグソンその他の学説がどうだろうと笑うことが生きていることの喜びの表現であることは確実であり、世の中が真暗になった時我々が何よりも先に思い出すのは自分が今生きているということかも知れなくて、その喜びが我々を笑わすならば自然それは他の世界があることも我々に思い出させる。従って、諷刺にも笑いが伴う。或は伴わなければならない。何故なら他の世界があることを指摘されれば我々は自分が生きていることも思い出す筈だからである。

寧ろ笑う力が我々に諷刺する勇気を与えるというのが諷刺というものの正当なあり方なのではないだろうか。既に諷刺が武器のようなものでないことが解った後は我々がこれを生活の道具立ての一部に使っていけない理由もなくなるのであり、生きて行く決心をしさえすればその余裕で諷刺する贅沢も許される。蜀山人だか誰だったかが、ブンブ、ブンブブと蚊が煩さいという狂歌を作っても徳川吉宗が文武の奨励を止めはしなかったが、それでその狂歌を作ったものはいつもの眼で江戸の街を眺めることが出来て、吉宗もその歌を聞かされて結構笑ったかも知れない。大体、本気で文武の奨励を止めさせたいものが狂歌を作るなどという間が抜けたことをするだろうか。併し本気で文武の奨励などということに打ち込んだりすればかちかちの朴念仁が出来上る。確かに諷刺は武器ではないが、江戸時代の剣士達は剣も一種の諷刺と考えていたようである。

それ故に一般に受け入れられている説とは違った図がそこに拡げられることになる。誰もがぎりぎりの圧制の下に苦んでいて、それで僅かに落首に託して鬱憤を晴らすというのはその落首に一向に映されていない状態であり、寧ろ李朝治下の朝鮮の国民がその訴えを彼等が作る陶器の色や線で表したということの方がまだしも信じられる。恐らく、非常に風通しがいい時代だったという前に挙げたことが江戸時代の落首の性質と関係があるものと思われる。併しもしそうならばそれ以前の時代も風通しが悪くはなかったようで、秀吉の朝鮮征伐はスウィフトならば眼に角を立てた筈であるが、その頃の落首、

太閤が朝鮮国を買い兼ねて、今日も御渡海、明日も御渡海

は世界の諷刺詩の歴史から言っても見事である。

書評に就て

今日の日本の文学界では書評は最も虐待されている批評の、従って又、文学の一形式であって、ただそうであることを認めさえすればすむことならば何も書評などというものに就て書く必要はないのであるが、そこにそれでいい訳ではないという事情を控えている為に面倒なことになって来る。

先ず書評が虐待されていて不振である理由を考えて見ることから始めると、そこには一つには文芸時評という日本にしかない文学の形式が不当に高く買われているということがあることに気が付く。これは日本の、少くとも最近までの出版の状態と直接に結び付くことになる事柄であって、文芸時評というものが日本の文学界で重要な役割を果しているのは、或はここでも一応の留保をして、そう思われているのは、文学の仕事の中心が雑誌に置かれているからである。そしてこれを日本の出版の歴史、或は少くとも明治以後の出版の歴史と照し合せて見ればそうなるのが当然であって、出版の規模が小さくて読者の数も限られていれば本よりも雑誌を出す方が無難であることは多く説明する必要がない。その方が雑多な読者に呼び掛ける余地があり、本の出版で当てた時と比べて利潤は少くても読者の趣味その他が凡て浮動している時本のように丸損になる危険も少い。その内容をなす原稿を書くものにとっても一冊の本を書き上げるのに必要な才能や経験や時間はそう簡単に望めるものではないが、

二、三十枚の日記風のものを書いてこれを私小説と称して雑誌に載せる分には大して苦労することはない。又もともとが考えと言える程のものがない人間が論文風のものを書くのでも、それが短ければ短い程書き易い訳である。

読者と作者、又その双方に繋る出版の状態が明治以後の日本で雑誌を文学の仕事の中心に据え、短篇小説と感想風、或は雄弁調の短文をそこに載せるのが文学の仕事、又それを読むのが読書と人々に考えさせることになった（その書というのがいつの間にか本ではなくて雑誌のことになったのである）。又そうでなければ文芸時評などというものが成立する訳がない。これは毎月の文芸上の作品を一括して批評するという意味に用いられていて、それならばそれはその月に出た本で文学の領分に属するものの一切を含まなければならない筈であり、本ではなくて雑誌が文学の仕事をする場所であるという考えが一般に行われていてこそ毎月出る何冊かの雑誌を読み通してその内容を批評することが文芸時評になる。日本の文学界では常識と交渉を断ったそういう種類の偏見が誰にも疑われずに受け入れられていて、こうして文学というものが小説のことだったり、雑誌の一隅が一冊の本に取って代ったりしている。

問題は日本の特殊事情というような言い逃れを離れて、実際に文学の仕事が一冊の雑誌の一部を占める量のもので充分であるかどうか、又単に文学という名前に浮かされているのでなくて文学を愛好する読者がそれで満足するかどうかということになる。勿論、作品の価値がその長短に左右されるとは限らなくて、マラルメがその一生を掛けて書いた詩の全部を集めても薄い本が一冊出来るに過ぎない。併し又文学というものがマラルメや芭蕉の煮詰められた作品で代表されるということもなくて、それが最上の文学であるということもない。殊に、散文の場合はその性質から言って完全な展開を見るには或る程度以上の長さがどうしても必要であって、例えば批評を例に取るならば、雑誌に載せられる長さの作品はそういうものが幾つか集められて一冊の本の形をなして始めて首尾一貫する。このことをアリストテレス風に書けば、初めと真中と終りを備えた作品がそれで漸く出来上るので、それと雑誌一冊分に載ったその断片の違いは何か歌劇からの抜萃を蓄音器か何かで聞いてその全曲を想像しようとするのに似ている。

少しでも書く経験を積んで自分がどういうものが書きたいかがはっきりして来た時、散文ならばそれが一冊の本の形を取ることを要求し、読者も歌劇の全曲を聞くのに等しい読書をしなければ満足しなくなる（散文を煮詰めたものが詩であって、これはその上に形式の問題であり、散文という形式よりも詩という形式の方が優れているという保証はどこにもない）。例えば、これも日本の文学界で現在行われている考え方を離れて、近年のその文学界に実際に何ものかを寄与し得た作品はと言えば、それは例えば福原麟太郎氏の「チャールズ・ラム伝」であり、井上靖氏の「風濤」であり、又石川淳氏の「諸国畸人伝」であって、こういう本は何れも殆ど無視され、つまり、それが出た当時、新聞や雑誌の書評欄の片隅で取り上げられたに過ぎない。併しこの場合、虐待されたのはそういう幾つかの名著であるよりもその程度にしかこれだけの作品を扱うことを許されなかった日本での書評という形式なのである。

曾て河上徹太郎氏が氏がそれまでに書いた書評を集めて「読書論」という題で一冊の本を出したことがあった。これが殆ど問題にされなかったのはそれが一冊の本であるばかりでなくて書評を集めたものだったからであるが、それならばサント・ブゥヴの「月曜談話」は、リットン・ストレエチェイの「本と人物」は、小林秀雄氏の「無常という事」はと考えて行く時、書評は友達が書いた本である時に義理で引き受けるもの、原稿用紙の三枚も書かせて貰えれば有難く思わなければならないものという因習が何とも奇妙なものに見えて来る。クロオデルがランボオを論じた名篇は、要するに、ランボオの詩集の書評である。その書評の対象が古典である時は研究になるというのならば、例えばエリオットの「ダンテ論」に窺えるのと同じ情熱を今日の作品に向けられない位ならばその書評をする必要はないのである。そして書評も批評の一形式であり、批評の対象、批評する情熱の対象が傑作である必要は少しもないのであって、書評というものが日本で少しも我々の情熱を掻き立てる仕事でないのは何よりもこの形式では一向にそのような余地が与えられないからなのであるということになる。何も書けない条件の下に書けというのは無理である。

併しながら、雑誌が文学の仕事をする場所であるということが既に変則の事態であることを我々も最近になって認めなければならなくなっている。つまり、日本の現代文学もその程度に成熟し、大人の文学になって来たのであって、それは我々に次第に多く与えられるようになった名著の数で知られる。こういう問題では需要と供給は密接な関係があり、我々はこれ以上待たなくても、凡て正常な文学ではそうである通り、作品というのが普通に一冊の本を意味する時代が既に目前に迫っている。そうすると、文芸時評というものはどういうことになるのだろうか。その名称に忠実であることを望めば文学の領分は広くて、一人の人間が一月のうちに出た文学作品と称するに足る本を全部読むということは出来ない。その為に例えば英国では「タイムス」の、或はアメリカでは「ニュウ・ヨオク・タイムス」の文芸附録というものがあり、これは何れも一流の批評家が書いた書評を集めたものである。のみならず、日本以外の国では新聞の学芸欄とか文化欄とかいうのは書評欄を差すのであり、又文芸雑誌のどこを開いても文芸時評などというものは載っていない代りに必ず書評に雑誌の半分以上を割いている。

日本でも既に新聞の学芸欄や文化欄が読むに及ばないものに埋められているのが普通であるのに対して偶に出る読書欄というものが殆ど常に何か読みごたえがある記事を載せていることは時代の変化、或は正常な事態への復帰を示すものである。又その為に必要な措置がどういう性質のものであるべきかも新聞の読書欄から学ぶことが出来て、新聞と雑誌の原稿料の違い、書評の長さの違いを思えばそのことは自明である。新聞ではどうかすると原稿用紙の五枚も書かせて貰える。それでは殆ど何も書けはしないが、まだしも雑誌の書評の二枚半などというのよりも倍は書ける。併し何故十枚、二十枚の書評、一冊、或は数冊の本に就て存分に書けるだけの紙数を割いたものがあってはならないのだろうか。「タイムス」の文芸附録に載る巻頭論文は大概は一冊の本の書評である。それ位のことをしなければ名著が正当な扱いを受けたと言うことは出来ない。

勿論、書評が虐待されているからと言って、日本の現代文学の将来に就て寒心に堪えないものがあるなどということにはならない。その証拠に、書評に対する考えがどうだろうと日本の現代文学は育ち、雑誌から本への移行が眼に見えて実現されつつある。ただそういうことになれば、書評というものも今までとは違った性質のものになるだろうというのに過ぎない。

日本文学と世界文学

日本文学は世界文学の一部をなしていないという考えがあるから日本文学と世界文学の二つが区別されることになる。そんな訳がないことは初めから解っていて、解り切ったことは説明する必要がないならば、それでは何故、日本に限って自分の国の文学が世界の文学の一部をなしていない、或は同じことながら、自分の国の文学が文学ではないと見られたりすることになったかを調べた方が興味がある。

尤も、これは調べればその理由がはっきりするというようなものではない。いつの間にかそうなって、それが長い間そのままになっていた為に今では誰もそれを不思議に思わなくなっているという種類の事柄であるが、一つ考えられるのは鎖国の関係か何かで文学だけでなしに国そのものが我々日本人に世界から切り離された我々だけの世界と見られるに至り、それが何世紀か続いて今日でもまだその状態から我々が脱し切れずにいるということがある。これは我々にとってただの世界というのは外国を意味するということで、それで幕末の志士達が隅田川だったか、東京湾だったかの水はテエムス河に続くと口を酸っぱくして説いたのも解る。その序でに話を外国に持って行って、例えば英国で英国の文学と外国文学を区別するというのならば勿論これは英国でも普通に行われていることである。併し自分の国の文学が世界から切り離された特殊なものであると考えるのはこれは確かに普通ではない。或は寧ろ甚しく異常である。

まさか、これは日本文学は日本語で書いてあって日本語が母国語であるのは日本人だけだから日本文学も日本人だけの特別なものだということではない筈である。併し何かそういう事情を思わせるものが外国人の日本見聞記に出て来ることなどにあって、自分でそのような日本人に会ったことはないが、外国の日本文学者を摑まえて例えば、俳句は日本人特有の或る神秘的なものであるから外国人に解る訳がないと説くものが決して少くないらしい。その昔、マラルメの「賽ころの一投げ」を曾て理解することが出来たものは世界に三人しかなくて、それがヴァレリイとカテュル・マンデスと鈴木信太郎氏であるという話を聞いたことがある。日本人には、「賽ころの一投げ」が解って俳句は外国人に解らないというのは随分いい気なものであると言いたい所であるが、そこにはそんなことではすまない、実在するものではないだけに一層手に負えない壁に似たものがあって日本と世界を距てているのが感じられて、それが正気とは思えないことであることでなお更もどかしくなる。

差し当り、一つ目小僧や大入道と同様にある訳がないものはないのだということでこの迷信を、それが自然に消滅するまで無視している他なさそうである。確かに今日の我々にとって最も大事な仕事の一つは日本文学が文学であるから日本の文学であるのみならず、それ故にこれはその点では他所の国の文学と全く同じ立場から世界の文学の一部をなすものであり、その意味で改めて見直されなければならないものであることをはっきりさせることであると言える。これは外国の文学も同じ理由から見直すことを当然伴って、もし芭蕉とマラルメの間にいつまでも越えられない溝があって片方から片方へ行くのを妨げるならば、それはマラルメも本当に読んだことにならない。妙なもので、このことは既に触れたが、我々は日本文学が外国人に理解されるのを喜ばない割には外国文学に対しては人見知りしなくてジイドでも、ヘミングウェイでも近所づき合いの親しさで読んでいる。

これは我々がそれを多くは現代の日本語の訳で読むからかも知れない。併しウェイレイの「源氏物語」の名訳に対して我が国文学界がしたただ一つのことはその中にある誤訳を指摘することだったので、我々が外国文学を飜訳で読むのでも、それを誰かが日本語に訳さなければならなかったのであり、我々がその訳者を信用するならばそれは要するに我々が外国文学に対して人見知りしないということになり、ウェイレイの英訳を信用しないのはこれは例の、俳句は外国人には解らないに過ぎない。そして勿論ウェイレイに対する人見知りを除けば、これが健全な読者というものの態度である。日本は神国かも知れないが、これは神道に属する問題であって、その特殊なものの見方を離れれば日本も人間が住む場所であり、日本語も人間の精神の産物であって、その日本語の使い方に馴れたものに他所にいる人間の精神の産物である言葉が理解出来ない訳もなければ、他所の国の人間が日本語で書いたものに対してだけ尋常に精神が働かせなくなるということも考えられない。それ程に文学の世界がお伽噺の国なのではない。

併しそれにしても、こうした文学上のことに対して我々日本人の間に認められる人見知りの心情には何かひどいものがある。大体、我が国では或る一つの作品にどれか文学賞の一つが授与されればその作品を傑作と見る傾向が強過ぎるが、ノオベル賞その他、外国の文学賞が日本の作品に行くとなるとその騒ぎは芥川賞や読売文学賞の比ではなくて、まだ誰とも決っていないうちにそれが日本の誰かになりそうだということだけで新聞種になる。ここで改めて説明するまでもないことであっても、文学賞というのも何人かのものが集って決めるものなので、その選定には偶然の要素も働くのであるからこれは例えば後世の評価などということとはおよそ違っている訳であり、殊にノオベル賞のように政治的な配慮が多分に加っているものを授与された所でその作品、又延いてはその作品の作者が属する国の文学が実質的にどういうことになるものでもない。

それでもそのことが日本で騒がれるのは日本人の他には誰にも解らない文学ということに

なっていても、それではどこか寂しくて、解らなくても認めて貰いたいという気持がそこにあるからに違いない。これは俳句は外国人には解らないと思い込むのと同時にその俳句が詩であるかどうかに就て不安を感じるということでもあって、それでこの不安もノオベル賞騒ぎも序でに一つ目小僧や大入道とともに葬ってしまえばいいものであることになる。例えば蕪村の俳句とロンサアルの詩と、それが詩である点でどう違うのか。勿論ロンサアルが蕪村でないのは蕪村が芭蕉でないのと同じで、その意味では世界の文学をなしているどの作品も、それが一人の作者による幾つかの作品の一つでも、何れもそれだけのものであり、芭蕉の句もそれぞれがそれだけのただ一つのものであることで何れも芭蕉の句であることが明かになる。こういう話になると解り切ったことも案外、言って置く必要があるのが感じられる。そうでなくて誰がこういうことを言う気になるだろうか。

文学とか詩とかいう一定したものがあって始めてそこに変化を生じ、我々は日本だの世界だの、東と西だのの区別を付けないで、ただ豊かな文学の世界に遊ぶことが出来る。又その時、我々はより豊かなものをどの国の文学からも、又その個々の作品からも受けとることになって「千夜一夜」をアラビア民族に特有のだとか、ヨオロッパがまだ中世紀にあった時代の作品にしてはだとか言っている間はこの珠玉の光沢に見惚れることも、又事実、これがアラビアの大文明の結晶であることを理解することも許されない。併しアラビア人でも、日本人でも、或はフランス人でも我々が先ずそこに人間を求めるならば我々の耳にも人間の声が伝わって来て、「千夜一夜」の例えばアニス・アル・ジャリスの物語でアリ・ヌウルがアニス・アル・ジャリスと船でバグダッドに向う所に出て来る「かの船を見よ」の句は我々を酔わせ、フランス文学を知っていて文学を本式に愛好するものならばアラビア文学とフランス文学を比較するなどということは飛ばし、自分の酔いにマラルメの「潮風」の思い出も加っているのを感じる。

日本文学にそういうものはないというのが一つ目小僧式の考え方なので、マラルメがフランス象徴派の詩人であることは断るまでもないが、ドナルド・キイン氏はその「日本の文学」で能楽について語るのに「卒塔婆小町」からの一節を引用している。

酔をすすむるさかづきは、寒月袖にしづかなり。

の句で始るもので、この句だけで詩の、文学の世界が我々に対して開かれ、そこに小町が現れ、我々はやがてこの句で始る地謡の一節が象徴主義文学の方法で書かれ、それが完璧な象徴詩であることに気が付く。その象徴詩というのは手っ取り早く言えば、対象の一部をとってその全体のみならず、その対象を中心に展開して行く一つの世界、或は人間の世界そのものに表現を与えるもので、それがこの一節でも行われている。

酔いを勧める盃を持った手には袖に月の冷い光が映っているというだけで、そのどこにも小町も、小町のような美人も示されていないが、この場合に象徴の働きをする言葉が一つの象徴をなす形に組み合され、我々は盃を差し出しているのが若くて美しかった頃の小町であり、袖に月光が差しているその衣裳がきらびやかであって、夜と月と灯火のその晩がその周囲に拡り、今は年取って髪も疎らになった小町にまでそれが及んでいることを察知するのではなくて、その言葉から直接に受け取り、言葉は更に拡って、

かほど優なる有さまの、いつその程に引きかへて、からべには霜蓬をいただき、嬋娟たりし両鬢も、はだへにかしけてすみみだれ、宛転たる双蛾は遠山の色をうしなふ。

と響いて行く。これと同じ方法でマラルメは既に触れた「潮風」の初めで、ここでは止むを得ないから原文を訳せば、

肉体は悲んでいて、本は皆もう読んでしまった。

という一句で生きるということの意味を失って生きていなければならない近代のいたたまれない退屈に声を与えている。

もう一度「卒塔婆小町」に戻るならば、これが老婆になった小町を登場させてその凡ての

美しさを語るというのは詩の方法を劇作術に取り入れて秀抜であって、それで我々の想像力は舞台の老婆を離れて一人の絶世の美人を出現させ、それが眼前の老婆に重なって小町の一生を劇的に、瞬間的に完成することになる。これを見ても解る通り、象徴主義の方法は古くから日本の詩の多くを近代詩にしているが、象徴主義によって劇作品を書くことはヨオロッパでは実験の域を出ていないのに対して日本ではそれが舞台で繰り返して演じられて来た傑作を生み、これは日本文学にしかないことである。或る一つの文学にだけ認められるというのがこういうことならばそれが幾らあっても構わなくて、そうした特色は他のものの理解を絶するのでなしに文学の世界でその文学がその点で優れていることを示し、それ故にそれは他の文学にとって刺戟にも又手本にもなる。またその特色が全くその文学に限られたことでなくても勿論少しも構わなくて、象徴的な方法が普通は必要でないシェイクスピアの劇作品でも、それが必要になって用いられる時はこれが能楽と同じ効果を収めている。

今日の日本でのように世界文学全集を含めて各種の全集が幾らでも出ていてその中には充分に信用出来るものもある時には文学の世界が一つであるのを知ることが何よりも望ましくなる。或はそういう時にはそれが自然に呑み込める筈であって、兎に角そのことが実感になって受け取れるのは何が誰には解らないという種類の偏見を捨ててこれはどこの国でいつの時代に誰が書いたものとも決めずに、自分が親しめる作品に親しむことによってであり、それには本が手に入り易い方が重宝である。尤も、この頃は今日の日本の作品にまで説明を付けることが行われていてそれだけ或る作品をただ読むということが難しくなっているようでもあるが、もしそうならばその説明の方を抜かせばいい。例えばホメロスの叙事詩が西暦紀元前の何世紀に書かれたかを先ず知った所で、或はその用語が全盛期のギリシャ語とは違った性質のものであることが解って見ても、その結果はせいぜい紀元前九世紀のギリシャの詩には今日の日本人には摑み難いものがあるに違いないという気がして来る位のことに止る。

併しもしそういう無用のものに煩されずに「オデュセイア」でアルキノウス王の娘のナウシカアがオデュセウスを見て、自分がお嫁に行くのならばこういう人の所に行きたいという所を読んでその美しさに打たれるならば、その時にそこにオデュセウスが航海した地中海の世界が開け、灰色の眼をしたアテネはオデュセウスの船を進ませる為に葡萄酒色の海を越えて強い西風を送り、アイアイアの島にキルケはオデュセウスに置いて行かれて泣く。その言葉はホメロスの時代と変らず我々にも働き、離別の悲みも再会の喜びも人間のものであれば、そこには何も我々に首をかしげさせるものも、外国人には解らないものもない。その頃は兜を馬の毛で飾ったという種類のこともロンドンの人間は山高帽を被るというのと同様に我々に想像出来ないことではない筈であって、ホメロスの言葉が兜の飾りをヘクトルの子が恐がっているのを我々に見せてくれる。

ここまで来て寧ろこういうことが言えるので、確かに日本の俳句の中には外国人には解り難いものがあり、シュニッツラアの小説には帝政時代のウィインの風俗に明るい人間でなければ摑めないものがあるかも知れないが、もしそれがどうしてもそういう特定の人間以外には解らないならばそれは作品としては失敗であり、駄作なのである。そのことに就ては、人間にとって実際に貴重なものが或る一部の人間にだけ与えられてすむものかどうか考えて見るといい。日本人には外国人に解って貰いたくない奇妙な心理があってというのが外国人の理解を越えていてもそんなものに価値がある訳がなくて、もしそういう下らないことが或る作品の理解を妨げているならばその作品は出来損いであるか、或は取るに足らない代物なのである。確かに西洋の洒落もつまらないものであればある程我々には解り難い。

併しこの頃の日本でも文学は小説であることになっているようで、その小説にまだ触れてなかった。何故文学は小説なのかも外国人のみならず、日本人にも余りよく解らない事情であるが、日本程に人間と人間の関係が発達していて、それ故に洗練された小説の材料になることが幾らもあり、そのことを示して「源氏物語」という傑作が千年近くも前に書かれていてそれが現に読まれている時、丁度その千年ばかり前に漸く人の社会の形をしたものが出来上ったヨオロッパからそのヨオロッパの風俗を写したものが入って来てこれが小説というものだと言われれば、そこに或る程度の混乱が生じるのは免れなかったとも考えられる。それで小説を有難がる風習が生じたのならば、得体が知れないものは有難がられるということでその説明も付く。兎に角、小説は大事だという考えがあって、ジイドのように小説と自分で認めた作品が一つしかなくて他に幾らでもいいものを書いている人間も日本では小説家で通っている。

そして確かにヨオロッパ人の大部分に見られるざっくばらんな性格は文明が或る程度を越えた所まで来た国の人間よりも小説という人間関係の雑多な記録の形を取ったものを書くには適していると考えることが出来て、日本で行われている世界文学の観念が殆ど小説の同義語である感じがするのもその点で頷ける。これは小説の場合、人間は人間なのだという所から出発する方が人間だから一筋縄では行かないという先入観があるのよりも作品に人物を登場させてこれを人間と等身大に行動させるのに向いているということで、フィイルディングの「トム・ジョオンス」などという凡そ無遠慮な作品を日本の作者が書くということは今日も含めて日本の歴史を通して難しいことに思われるが、この小説の登場人物に生命が溢れているという印象はヨオロッパの小説を代表していると言える。後は心理描写とか、無性格の人間の設定とかをこの人間像に変えて行くだけのことで、プルウストに至ってヨオロッパの小説が「源氏物語」に漸く追い付いた。

だからどうと、ここで価値論をやるのは禁物である。凡そ評価をするということは、何でも杓子定規に上、中、下と決めて掛る危険を伴うもので、我々が「源氏物語」で浮舟の性格に惹かれることが「トム・ジョオンス」で浮舟よりも遥かに出来が粗雑なソフィア・ウェスタアンの生き生きした女振りを愛するのを妨げるものではない。ヨオロッパの小説は殊に十九世紀にその全盛期を迎えて、確かに日本文学にはない無数の人物や状況や事件を描くことに成功し、その多彩と豊富が日本で文学が小説と考えられるに至った原因ではないかという気もする。これは明治以後、ヨオロッパの文学に接した我々の父祖達がその中で詩や批評や歴史などよりもこの人物の群に惹かれたということになり、事情が解らない時に人間だけは自分とそう違う筈がないと我々が先ず考えることは事実であるが、兎に角ヨオロッパの文学、又その頃になればアメリカの文学が我々に忘れ難い人間の像を次々に提供してくれるのを否定することは出来ない。

ヨオロッパの文学に接する前の我々の祖先達はそういう像を「水滸伝」に、又「三国志」

に、或は又「里見八犬伝」に、そして又、これは今日のヨオロッパ人やアメリカ人と同様に、「源氏物語」に求めていたものと考えられる、そこに出て来る人物というものもその生き生きした姿で我々に迫って来る点ではこういう作品はヨオロッパやアメリカの小説と少しも違いはしなくて、それ故に今日の我々もそれを読み耽ることになるのであるが、ヨオロッパやアメリカの小説で描かれている人物の方が圧倒的に多いし、それだけ又変化に富んでいるということをここでは言いたいので、この事情にも日本で文学が小説になった原因の一つを推定することが許されないでもない。例えば絵というものに余り興味がないものも人物画には惹かれる。今までの所、外国に紹介された日本文学の作品は「源氏物語」に、謡曲に、今日の作者達の小説であるが、もっと外国で日本文学が読まれるようになれば必ず歴代の勅撰和歌集も、軍記物も、又中世の歌論も、世阿弥の「花伝書」も紹介されることになるに違いない。その時になって外国での反響、或は反応が我々に日本文学と世界文学の区別など存在しないことを更にはっきりさせてくれる筈であり、今までも我々は我が国の文明に就て外国人に教えられることが多かった。

外国人が言ったことだから本当だというのは、少くとも外国人にも日本を見る眼があることを認めていることであり、そこに既に同じ人間だという共通の立場が出来掛っている。それが常識になった時に日本では傑作であるものも外国ではどうかという不安は解消するものと思われる。

時評

I

日本の文学が笑いを失ったと言われてから大分になる（それを指摘したのは確か中村光夫氏だったと思う）。併しこの頃一番考えるのは、笑う力も含めて、平生の心とでも呼ぶ他ないものがそれよりももっと前に日本の文学から消えてなくなったのではないかということである。それがいつ頃からのことなのか、平生の心というような言葉が使われたのを見たことがないから初めから問題にならなかったのかも知れない。併しそれがなくて例えば鷗外、露伴が各自の作品を書くということはあり得なかった筈である。

その辺まで遡らなければそういう心構えが見当らないから（それは傑作という言葉に意味を与える作品がないということでもある）、鷗外、露伴の時代とは違って今日ではということで片付けられることにもなり易い。今日でなくても、志賀直哉氏が曾て氏の「濁った頭」に就ての創作余談のようなもので、当時はこういう異常な材料を扱ったものを書くと何かやり甲斐がある仕事をしたという感じになったと述べていたことがある。見方によっては、日本に外国の文学が持って来られた時に文学そのものが異常な印象を与えたということも考えられる。それまでなかったものがそこに現れたのだからそれは異常であり、従ってその仕事をやるにも異常な状態になることが必要であるという気分に人間がなったとしてもそう不思議ではない。鷗外、露伴と違って今日ではでなしに、初めから文学の仕事が正気では出来ないという考えが文士にあって、それが今日に及んでいると言える。

外国の文学が入って来る前の日本にも文学はあったことが忘れられていたし、又入って来た外国の文学はその骨法よりも所謂その内容が注意を惹いた。ポオの詩論が理解されたのはずっと後のことで、初めはポオと言えばアラビア風に奇異な物語の作者だった。又赤裸々だとか、暴露だとかいう言葉がフロオベルやモオパッサンの小説を語るのに使われた。何も今日の大衆雑誌や週刊誌の広告を見て驚くには当らない。日本で文学という言葉が使われ始めて以来、文学がそうしたものと一般に考えられているので、何か大変な仕事をして気が違って死んでしまうのが理想だった文士達が今日では姿を消したとは言えない。そんなことをしては次の仕事に差し支えるからという健康上の理由でそういうことはしないだけで、異常なものが文学なのだという昔と変らない考えはいつ戦争が起るか解らないという心理にも結び付く。いつもどこからか幽霊が出て来そうな気分でいるのである。併し文学の立場からすれば無意味なそういう日本的な特殊事情を別とすれば、もし明日戦争が起るならば、それまで仕事をしているか、或はもっと他にすることがあるから仕事を止めるかするのが文学というものである。それが常識になっていなければならない。

勿論これは文学に限ったことではないが、文学でも書くとか読むとか、文学に就て考えるとかするのはそれをやっている間は何も起らず、大地は安定し、電車は走り、昼の次には夜が来て、つまり、一定の持続がそこにあることが前提になり、これは生命というものの前提でもあり、それ故にこれに即したものでなければ文学ではない。併しその持続を約束するものはどこにもないというのが当世風のものの見方で、それならば文学などというものは止めてしまった方がいいのみならず、こうしたものの見方はものを見たと言えるものではない。或はそういう恐怖症にも一理があるのならばそれで精薄児の絵の展覧会が開かれる理由が解る。恐怖症に掛っているものは正気でないと見るのが平生の心というものである。

天災地変は今に始ったことではないし、現代人の不安などというのは昔の人間が実際にさらされていた危険に比べれば下らないものであり、人類が永遠に存続することを約束するものは昔からどこにもなかった。中世紀のヨオロッパでは後二、三百年もすれば世界は終ると一般に信じられていたのである。併し例えば何度も危険な航海に出たことがあるものは今度こそは船が沈むという場合にも、そういうことがそれまでに繰り返してあったことを忘れずにいる。船が沈んで自分が溺れて死ぬのが異常なのであり、船が港を出れば目的の港に無事に着くのが普通なのであって、航海に経験があるものはいつもその普通の方を取る。それは異常の方に走れば早死にする位が落ちであるからだし、又船が港に着かないのが前提になっている航海術などというものはないからである。そのことを知るのも、平生の心というものである。それはどのような場合にも異常を異常としか見ない。

文学はそこから生れた。これを時間の流れから生れたと言い換えてもよくて、時間は常に一定の早さで流れてこそ時間であり、地球が駄々っ子のように太陽の廻りを駈け廻り始めたら時間も何もあったものではない。従って、文学もない。これは文学にとっては大切なことで、その仕事がどんな性質の労働を我々に強いても、又それだからなお更のこと、文学の前提になるものは平和と、自然と、安定でなければならない。それが前提になっているのであって、それを保証するものはどこにもないと考える時に我々の心は既に文学から離れている。一篇の詩はそれが終るまではその詩の韻律に乗って時間とともに流れ、これが中断されるというあるべからざることがあった時に我々はそれを異常と感じる。凡そ異常なものは停電と同じと考えれば先ず平生の心というものに近いことになるだろうか。曾て小林秀雄氏が或る講演で、刑場に引き出されるのを待っている吉田松陰のこういう歌に就て語っていた。

呼びだしの声まつ外に今の世に待つべき事の無かりけるかな

Ⅱ

戦後の日本で殊に目立つ傾向の一つは誰も見逃せない筈の大切な問題というものが殆ど例外なしにどこかに置き忘れられるか、或は置き忘れているのも同様の扱いを受けて、どうだろうと構わない種類のことが如何にもそこに問題があるように取り上げられることである。それで論争が盛に行われて、これはどうでもいいこと程論じ易いし、幾ら論じても切りがないからである。併し例えば言葉というものに就て、又、言葉を廻(めぐ)る各種の問題に就て真面目に考えているものは極めて少い。最近の新聞に、その方面で仕事をしていると思われる或人がロケットが月まで行くようになった今日、科学の用語と詩の用語が違っていては不都合であるという意味のことを言ったということが報じられていた。勿論誰が何と言ったと新聞に出ているのをそのまま信じる訳に行かないのも今日の日本の特徴をなしていることの一つである。併しそれならばその人がそういうことを言ったと書いた新聞記者は少くとも、そのような考えを別に可笑しいとは思わなかったのであって、そしてこの考えは確かに可笑しい。

科学と縁がない人間程、科学を凡そ見当違いな形で有難がり、振り回すことになるものらしいが、科学の用語、詩の用語などというのは科学に就て何も知らない人間が言うことである。確かに詩は言葉で出来ている。併し科学というもの全体の動きはその表現の方法として言葉が符牒、図形、或は模型で全面的に置き換えられる段階に達する方向を指している。こうしてケルヴィンは自分が考えていることが一つの模型で表せる所まで行かなければ承知出来なかった。そして模型は言葉ではない。つまり、科学の用語というのは科学の立場からすれば極めて不完全な表現の方法、或は寧ろないのに越したことはないものということになって、要するに言葉というものの否定である。それは科学では確かにそうであるが、その科学の用語と同じ詩の用語というのはそうなれば言葉を使わない詩、言葉なしで詩を書くことを意味して、常識があるものならばそのような考えが滑稽であることに気付く筈である。

併し国語審議会辺りの言葉というものに就ての考えはその程度のものであるらしい。それを別に不思議にも思わない人間が集って日本語をいじくり、科学の用語並にその廃止を目指している。少しでも言葉というものに関心があるもの、ということになれば勿論日本の文学界全体にとってこれは大問題でなければならないが、それは国語審議会と文部省に預けて、例えば純文学と大衆文学などということが現在でも文学界での問題の一つになっている。これもこの問題をなしている各要素に解きほぐして見れば面白いことになって、言葉というのはどうなろうと構わないものであるが、その言葉を使って書いた作品には大衆向きと、それから何と言うのか、文学青年向き、或は職業的な批評家向きの二種類があり、この二つを混同してはならないというのである。もし文学の仕事が科学の用語で行われることになるならば科学の領域でさえも役に立たないものが文学の世界で使える訳はないから文学は自滅する。その時、純文学に大衆文学などと言っても始らないと思うのであるが、その辺のことはどうなっているのか。併しそういうことを考えるには頭を使わなければならない。

今日、純文学と大衆文学の二つに何か現在では通用しなくなった基準に従って分けられているものを通して、又そのどの方に属するかによって区別されている二つの作者の群を一つにした上でそこで実際に認めることが出来る基準はやはり言葉に対する関心の程度ということ以外にない。やたらに札を貼って生きているものを無理に標本箱に押し込むのが好きなのも今日という時代の特徴の一つであるが、その際に札を貼ったのも、標本箱に押し込んだと思ったのも要するに実物とは縁がない死んだ観念であり、そうした架空の蒐集癖を去って作者と作品を見るならば我々が求めるものは文学、或はもっと厳密に言えば、言葉であって、我々はこうして言葉を得てそれを文学と称する。それを我々に与える作者の中で純文学作家と呼ばれているものが多いか、寧ろ所謂、大衆文学作家かは問題にならないことで、灘の生一本に何種類あると言われても我々にとってそれが正真正銘の灘の生一本であれば文句はないのである。そういう文句を言わせないものが文学にも酒にもある。
又それを与えてくれる人間がいない訳でもない。いつの時代にも又どこの国でも、言葉を求めるものに言葉を与えるのは文学の仕事であって悪政や学者の無定見だけでは文学は滅びるに至らず、今日の日本にもまだ文学はある。

Ⅲ

軽井沢でゴルフをするのと同じ具合に今は何が流行し、どうすれば有象無象の歓心が買えるか頭を悩ますのを離れて文学というものに就て考えると、日本で現在行われている文学上の定説の大部分、及びそれに即していることになっている文学界の常識というようなものの殆ど全部が阿呆らしくなり、次には、何故そんなことになったのか不思議な気がして来る。例えば日本の現代文学は二葉亭辺りから始り、それがいきなり（そこの所は理窟抜きで）自然主義文学というものになり、これが私小説に発展したのがこの文学の正統だという説も、多勢のものが幾度もそれを主張したということ以外にどこにその根拠があるのか解らない。寧ろ当時は局外者と見られていて、その為か、今日でも何かと言い逃れの余地を作った上でなければ認めることが出来ない二葉亭自身、或は鷗外、又は鏡花などからその後に局外者と見られた作者達を拾って行って近代文学の詩人、批評家達に至る線が何れは正統であることが判明するのに違いないので、そうなれば又日本の文学論上の百年に近い狂態も学者達に研究の材料を提供する位のことは予想される。

そういうのは文学史に属することであるが、この狂態が作品を書き、又それを受け取る態度にまで影響していることは今日の我々にとっても見逃せない。例えば、みやびとか、優雅とかいう言葉がどこかで使われていると我々は直ぐに国文学を聯想し（フランスの近代批評に élégance という言葉が出て来た時にこれを日本ではどう訳すことになっているのだろうか）、その国文学は勿論、明治以前の日本の文学ではなくて、国文学者が局外者を一人も入れまいと用心している彼等の泥沼である。彼等に国文学のことは任せるとして、明治以前の文学に就て優雅という言葉を使わないではいられないのはその文学が文学だったからである。アランがスタンダアルの「パルムの僧院」に呈した讃辞をここで思い出すといい。その中で、ファブリイスとクレリアの恋愛が、或はその描き方が élégant であると、その言葉を使って評してあったかどうかは忘れたが、趣旨は如何にもそれが優雅であるということで、論文の冒頭にクレリアの、「ここから来て下さい、私の心の友よ、」という言葉が掲げてあったのは覚えていて、アランが実存的であるとか、考えさせられるものがあるとか言っていなかったことも確かである。

Entre par ici, ami de mon cœur というのは一見何でもない言葉のようである。併しもし何でもないのならば何故それが当のファブリイスだけでなくて我々までを動かすのか。クレリアがスタンダアルの精神の産物ならばこの言葉も彼の精神から生れたものなので、それはこの言葉も彼が作為を凝らしたものなのだということであり、もしこれと同じことを現実に言った人間が曾てあったならばそれは人間の精神が或る程度以上の所に達する時にその人間は詩人、文学者になるからである。このクレリアの言葉には無駄がない。併し無駄がなくて充分でないということもある訳で、この言葉は小説の或る登場人物が或る登場人物にその場合に口を利く目的を完全に果し、自分の精神状態を過不足なく相手に伝えることで相手の精神状態が進むべき方向にその道を開いている。我々の人生でもこれに類した行動を優雅と呼び、フランスから来る洋服の雑誌で（嘘にもせよ）優雅と称しているのも服その他に認められるそういう性格を指している。

漱石が恐らくは学生時代に、essence が先で form は二の次のことと子規に宛てた手紙で書いた頃から既に日本の現代文学の堕落は始っているのかも知れない。essence と書けば本質という言葉よりももっと強い感じを与えて、form には形式の他に形式なんかという意味が含まれている。それ故に漱石はそこでかなりはっきりした提言をしているのであるが、厳密に考えて形式が二の次の文学などというものがあるだろうか。凡そ形式というものを無視した小説という形式でさえ、一篇の小説が精神によって構築されたものである限りでは形式なんかとそっぽを向く贅沢を許されていない。のみならず、生来の文章家だった漱石は自分が言ったことを他所に名文を書き、その文章が彼の作品の形式を決定した。小説などというものだけでなしに或る作品で用いられた言葉が何れもその場所を得てそれがその作品をなしている有様に間然する所がない時、この作品の形式がどうのこうのと言うのも野暮で我々は優雅という言葉を使う。

形式を束縛と考えることが言葉というものの機能を知っている筈の文学者にとっても一種の常識になっているのだから驚く。今更優雅なんかというのは文学なんかということで、これには一理あるが、それならば何故そういうことを言う人間が自分は文学の仕事をしていると思っているのだろうか。

Ⅳ

近代と現代は必ずしも同じ時代を指すのではない。今の時代という意味で使われ出したのでは現代の方が近代よりも先だったように覚えているが、例えば日本の現代文学というのは大体の所、明治以後の日本の文学を指していても、近代化するというのを現代化するとは今日の日本でも言わない。又近代音楽と現代音楽ではそれが指すものがはっきり違っていて、近代音楽は既に終った一時代の、音楽史に近代音楽の作曲家として名が挙げてある人達が作った音楽である。

そんなことよりも近代詩とか、近代文学とかいう名称が我々のうちに直ちに呼び起していい筈の近代という一時代の感覚、或は認識が今日の日本では何故か無視されているようで、今度の戦争が終ってから「近代文学」という雑誌が出た時にはそういう題を雑誌に付けた人達の気持が理解出来なかった。幾ら日本が世界の他の国とは違った神国であるのであっても近代という種類の、世界全体に通用する言葉、又観念を扱う際にはそれをそうして一般に行われている意味に取るべきである。確かに戦後に所謂、左翼運動が盛だった頃、近代というのはルネッサンス以後、産業がどうとかしてからの時代を指すのだと或る大学の学生さんに教えられたことがあった。そうするとワットオの絵は近代絵画でシェイクスピアは近代詩人であることになるのか。シェイクスピアやワットオの近代性を論じる場合でもその近代の観念がそんなあやふやなものであっては話にならない。

英国の文学で近代という言葉を正確に近代という時代を指して最初に使ったのはワイルドであって、フランスではヴァレリイが第一次世界大戦が終った後にヨオロッパ文明の性格を分析し、その精神の危機を説いたのがそのまま周到な近代論、又近代精神というものの解明になっている。ヴァレリイはそこで近代を単に「我が時代」と呼んでいるが、ヨオロッパ文明の止ることを知らない、言わば、級数的な精神がその進行の途上で生じた豊富と無秩序によって遂に停滞するに至ったのを彼が見て取った時代というのが十九世紀の後半から第一次世界大戦に亙るものであり、この豊富と無秩序、つまり、近代そのものに終止符を打ったのが今度の大戦であることはこの一時代の文学や美術を少しでも身近に感じたことがあるものならば直ぐに理解出来る筈のことである。既に近代を知らない現代人が大人になり掛けている。近代を生きて来た我々には一つの歴史的な時代が去ったのを振り返って見ることが許されている。それはどんな時代だっただろうか。

近代に生きた我々は幾らでも、何種類でもある色々なものの選択に苦められはしても、ものがなくて困る状態というものを想像することも出来なかった。どんな煙草を吸うかではなくて煙草というものをどうすれば手に入れられるかということを考えなければならないというのは近代にはなかったことである。そこから生じた倦怠と無為が近代精神を、又近代文学を育てた。それは病的であることが正常であり、健康である状態で、これが如何に多彩な精神活動に人間を導いたかを知るのがこれからの文学史家、美術史家の課題である。確かに現代という一種の回復期にあって、まだ近代の全体を見渡すということを簡単に試みることは出来ない。併し近代がどんな時代だったかを知ることはその後に来た現代に今日生きている我々にとって必要なことであって、前近代的というような言葉も使われていることがあるが、この言葉にもし少しでも何か意味があるならば前近代であるのはルネッサンスであり、十八世紀であり、十九世紀の浪漫主義である。

そして明治以後に日本に外国から持って来られたことになっている自然主義その他の文学で近代文学だけは実際に日本に根を降し、日本の文学の伝統に繋ることを許されたものであることにも注意していい。それは日本の、或は支那の文学自体の近代性に我々を目覚めさせもしてくれたので、これもヴァレリイが指摘していることであるが、我々は近代の状態がヨオロッパの近代に限られたものでないことをそれで知った。新古今集をただの昔の歌集と思っているものが一体何をマティスの絵に見ているのだろうか。新古今集もフランス語に訳されて、パリに持って行かれてディオォルに褒めて貰う必要があるのかも知れない。謡曲は今日の日本では厳しい何とか美とかいうものの表現であることになっていて、謡曲の近代性を指摘したものは外国人ばかりである。併しこういうことが日本で真面目に取り上げられるのは遠い将来のことと考えなければならない。我々は少くとも近代自我とか、前近代的とかいう言葉を使う時にその近代というのが実際は何を意味するかをはっきりさせて置きたいものである。

V

先日、批評が芸術であるかどうかが論じられているという話を聞いて御苦労なことだと思った。その批評も文学の一形式であるということになるのだろうが、批評に限らず、文学が芸術であるかどうかという種類のことを考えるのが文学の仕事をしているものにどれだけ役に立つかという疑問を前から持っていたからである。話は逆なので、芸術などという実際にあるのかないのかも解らない、雲を摑むようなことを問題にするには例えば絵とか、彫刻とか、或は音楽とかいうもので、一般に芸術と呼ばれていて何か具体的な形をしているものを先ず取り上げ、そういう幾つかの形に即してそれに共通の性格にどういうものがあるかを求めるという風にやるのでなければ抽象的な言葉が並べられるばかりで手掛りが得られない。ただ絵も彫刻も音楽も芸術であるというのではそれと同じいい加減な気持で料理も裁縫も、交通巡査が車を捌くのも芸術であると言えることになり、確かにそうかも知れないが、それで交通巡査が車を捌くのが旨くなる訳ではないのである。

芸術というものに就て今までに解ったことでは、その目的が美の追求にあるということは先ず認めてよさそうである。この場合、美と芸術は同じことを指していて、今までに芸術であるということで通って来たもののどれに就ても我々が最後に突き当るものを我々は美と呼び、何々が芸術であると言う時に我々はその美を胸に描いている。それならば文学が芸術であるかどうかを考える前に我々は先ず文学の目的が美の追求にあるかどうかと自問すべきであって、そうするとこれがそんなに簡単な話ではないことが解る。我々は美を求めて詩を作ったり、批評を書いたりしているのだろうか。或はもし今日の日本の文学界では詩を作るものも、批評を書くものもいなくなったのならば、小説家は美が欲しくて小説を書いているのだろうか。幾ら何でもという考えがここでどうしても頭を擡げる。小説家の方でも美などというものよりも愛だとか、性だとか、死だとか、実存だとかが欲しいのだと答えそうである。

そこに問題の鍵があるように思われる。大昔に人間が始めて言葉を使った時には先ずそれは歌う為だったことが想像出来る。併し歌う他に言葉には何かの意味を伝えるのが目的で言葉を使うという面もあって、その方に人間が次第に関心を持つようになったことは人間が言葉を使って考え始めたことを示している。この頃の文士が先生などという敬称で奉られているのも何か考えがありそうな人間という風な気持がどこかその辺に漂っている為かも知れない。併し歌うのを忘れて考えてばかりいるような顔付きをしているこの頃の文士が忘れているのは人間は言葉を使って考えるのであり、言葉の訓練なくして考えるということはあり得ず、言葉と考えは同じなのだということである。我々が何ものかを探しあぐねている時に言葉が生じ、その言葉を通して我々は何ものかを見る。我々がそうして言葉に動かされるのと考えるのとは同じであって、文学は言葉を使って人を動かす技術である。

戦前に河上徹太郎氏がそれよりももっと前の氏等の青春を回想してその当時氏等が求めていたものは美よりも真と呼べるものに近かったと書いていたことがあった。もし文学で求められているものを一言で言い表すならばそれは真であるに違いない。併しそうなると言葉の訓練は更に厳しさを増す訳であって、その前には文学賞も、他人に先生と呼ばれなければ気がすまないもない。この時、絶対の真などというものはあり得ないのであるから、我々は我々が探り当てたと思うことの保証を言葉が正確であることに求める他なくて、その最終的な決定を行うのは自分と他人を含めての読者という親みがあるだけに無慈悲な存在である。それに生憎、言葉の一つや二つを得た所で我々が何を摑んだということにもならない。そこに文学の魅力があるのかも知れなくて、文学は変にその先に何かあるという感じで人を誘う。併し誘われて付いて行くには、付いて行くということをしなければならない。

芸術というものから随分遠い所まで来てしまったようである。初めからその積りで書いているので、文学はもっと泥臭いものだという気がするし、もっと人の心を満足させるものがそこにはある。兎に角その芸術の世界でさえも、例えば画家が自分は芸術家だと思った所で何になるのか。併しながら、へっぽこのピアノ弾きがピアノは音楽であり、音楽は芸術だから自分は芸術家だと信じて慰められるということはある。文学は芸術であるという考えもその程度にしか役に立たないものなのである。それでも芸術家になりたいのだろうか。

Ⅵ

今日の日本の文学界というものを考えて見るとどうにも妙で納得が行かない感じになる。ここでもし説明が必要ならば、その文学界というものとは別に今日の日本の文学がある訳であるが、この文学を何かの意味で取り巻いている一つの環境のようなものが文学界であるならばそれを具体的に表すものが新聞の学芸欄、文芸欄、文芸雑誌、各種の読書新聞などであって、これが今日の日本の文学を実際になしているものとどういう関係にあるのかということなのである。つまり、その文学を離れて逆に文学界の方から文学に向おうとすると文学というもの自体が何なのか解らなくなるので、これは文学界で文学に就て余り色々な意見が述べられていて迷わされるという種類の生易しいことではない。ここに第五の新人という言葉があると仮定する。そんなものはないが、それに相当する時代の、或は数ヶ月間の合い言葉のようなものは幾らもあって、これを一通り知っていることが文学界では文学に就て話せるものであることになっている。

所で、そうした第五の新人風の言葉、及びそれが指していると考えられている観念、或はもっと広く言って、例えば臼井吉見氏の「近代文学論争」に出て来る凡そ種々雑多な観念を表す数え切れない程の言葉は先ず一つも日本の現代文学の発達に役立ちはしなかったし、その発達と一体をなしている文学の読者の養成にも全く寄与しなかった。そういう言葉の群に目隠しされないで素朴に日本の現代文学史を振り返って見れば、これは直ぐに解ることである。尤も文学史を丁度そういう言葉を並べたものと心得るならばそれまでであるが、例えば小説が小説であっていいかどうかという種類の愚論が熱心に繰り返されている間に鷗外が仕事をし、イエイツとエリオットとジョイスがごっちゃになった詩論が詩論で通っている時代に中原中也が、三好達治が詩を書き、今日の我々にとって必要なのはこの言葉の煙幕ではなくて鷗外、中原、三好の作品であり、当時の文学愛好者達にとってもそうだったに違いない。

これは何も批評はつまらないものだということを言っているのではない。日本での批評というものの奇妙なあり方、或は寧ろ批評というものに対する奇妙な見方も明治以来、日本の文学の周囲に蔓（はびこ）っている文学界の産物のようで、この文学界の考えによれば批評というのは意見を述べることであり、それならば文学界の活動はその批評以外の何ものでもなくなって論争が起きると批評家が大に仕事をしているというので喜ぶ。小林秀雄氏の作品を振り返って見て、その中で論争の形を取ったものが幾つあるか、又それにどれだけの意味があるか実物に当ってもう一度確かめるといい。今日の我々にとって「無常という事」は必要であるが、正宗白鳥との論争が手に入らなくても、差し当り、氏の作品を愛読するのに不自由を感じることはない。或はもう少し正確に言えば、当時の文学愛好者もこの論争を論争としてでなしに小林氏の近作という意味で楽んだ。

文学は実在し、これに即してものを言えばその言葉を楽める。偶には我々に何か教えてくれさえするかも知れない。併し文学は実在し、それ故にその周囲に船の船腹にへばり付いたつめがいのように文学界が、或は少くとも、今日の日本に見る種類の文学界が発生して何かと我々が本を読む邪魔をするというのはどうにも厄介な事情である。曾ては私小説を読んでそこに登場する人物が実際は誰と誰であるということを知らなければ文学通ではないことになっていたそうで、それが当時の文学、でなければ、私小説が狭い世界に閉じ込められる原因になったということであるが、或るそういう小説でTという町が東京でGという人物が後藤新平であることを覚えていなければならないのと第五の新人が何で、戦後の文学が戦前のとどう違っているかに就て誰がどんな説をなしたかを心得ていなければならないのではどっちも文学とは少しも関係がないことが文学そのものと勘違いされている点で別に選ぶ所はなさそうに思える。つめがいを除く必要がある。

その戦後の文学、或は戦後文学というのも日本の文学ではなくて文学界の産物である。単に時代の区別を立てる為に戦前、戦後と言うのならば解るが、戦争が一つ終ったので文学そのものが何か別なものになるというのは全く日本の文学界らしい考えで、ただどうということはなしにそんな気がするからそう思い、それを怪むものもいなければ、文学の仕事をしなくても原稿を書いて文学界で食って行けることは間違いない。この頃の匿名批評がそのいい例ではないか。又そこに日本の文学界の発生を最も適切に説明するものがあるのではないだろうか。それを知性の問題と考えることも出来る。

Ⅶ

月までロケットが上げられるようになったから日本語も新しくしなければならなくて、それで仮名遣いも送り仮名も今までとは違ったものにする必要があるという説をなすものがあり、それがそのまま一応の理窟と受け取られて別に怪まれもしないのを見て日本では言葉がいつ頃からのことなのか、恐らくは明治維新以来全く無視されて、その報いがこうした粗雑な考え方になって現れるのだと思わないではいられない。この月の説に何か論理らしいものがあると仮定して強いてそれを辿るならば、月までロケットが行くというのは今までなかったことだから新しいことで、その新しいということの聯想から日本語も新しくするということに、それだけの根拠があるなしに拘らず、そうしなければならないという観念を付け加え、こうして日本語を何か新しくしなければならないものに仕立てた上で、それまでの惰性で強引に、送り仮名と仮名遣いを変えれば日本語は新しくなると言い切る。先ずそんな風に考える他ない。

併しこれは小鳥が鳴くのを聞いてどうということはなしにいい気持になるのとは事情が違う。こういうことが日本語を変革するのに充分な理由になるかどうかということになると第一に、月までロケットが行くのが新しいことだということから検討する必要があって、この種類の新しさはそれが繰り返されること、更に又、ロケットが土星まで行き、或は太陽に近づいて行って焼けることで消滅する。それのみならず、新しいことが起ったから言葉を変えなければならないというのも新しい新しいの語呂合せを離れれば何を意味するものか解らなくて、この語呂合せに従えば物理学者が核分裂に成功した時にも、飛行機が始めて飛んだ時にも、アメリカが独立した時にも、或は更に遡って、人間が火を発明した時にも言葉を変えなければならなかった。言わば、畳が新しくなったから女房も変えるという類の、考えと呼ぶ程のこともない一種の軽薄な心理状態だろうか。

次に、日本語を新しくする為に仮名遣いと送り仮名を変えるということも問題になる。そういうことをすると日本語が新しくなるということにも理由という程のものはないようで、外国語の綴りとともに日本語にも同じ音の言葉に違った書き方があるのは統一した方が簡単でいいということと、漢字の送り仮名をなるべく殖やせばしまいには漢字を入れる場所がなくなり、それで漢字を覚えなくてもすむことになるから重宝だということが挙げられる位なものである。その漢字を覚えなくてもすむというのが非常に結構なことに思われているらしくて、漢字は五万もあるということがいつも言われるが、その中で我々にとって実際に必要なのが二、三万だとして、全く何の用もない外国語の流行語を何万と知っている今日の日本人がその二、三万の漢字を覚えるのに苦労などと言えるものをするものかどうか、それでもやはり大変な苦労をしているのだと主張するのはその五万という数字に寄り掛っているのである。

漢字をなくしてしまって仮名ばかりの言葉を表音一点張りで書くことになると世界に類例がない簡単な字の書き方が確かに出現する。そしてそれをやって見れば解ることであるが、それで書き方は簡単になっても、その書き方で書いたものは意味をなさないからこれは日本語を使えなくするということに他ならない。又それにも答は用意されていて、それで日本語がなくなるからその代りにエスペラントか何かを持って来るということになっているようであり、こうして日本は世界で最初のエスペラントかイドが国語の国になっても、どうもこれはアメリカが曾て世界で最初の禁酒国だったのに似ていてその弊害ばかりが目立ち、いいことと言えば凡てお伽噺の領分に属している感じがする。なるべく日本人に頭を使わせないようにすればそれだけ頭を他のことに使う余裕が出て来て偉人、天才が現れ、文学の傑作も書かれると夢物語を始めるのは勝手であるが、その傑作はどんな頭で何語で書かれるのか。

新しいということに就てここで考え直す必要がある。我々は最新式というのが好きであって、事実、科学の領分では古い、新しいが価値の基準になり、それが科学の生命でもある。つまり、飛行機では複葉よりも単葉の方が新しくて、推進器を使うのよりも噴射式の方が新しくて単葉の噴射式の飛行機は複葉の推進器付きよりも能率がいい。そうした事情からの素朴な聯想で、野蛮人ではあるまいしとこの辺で言いたくなるが、我々は新しい恋愛だとか、新しい政治だとか、新しい苦労の仕方だとかいうものを空想してそれを何か望ましいことに考えている。併し恋愛だけを取って見ても、新しい恋愛というのはどういうことなのか。ここで今日の我々が愛用する、もう古いという言い方を持って来て、ロメオとジュリエットはもう古くて週刊誌に毎週出ている、誰とかさんと誰さんとかが結ばれたのは新しいと言う時にその新しいということにどれだけの意味があるかを自分というものに即して吟味するのは我々自身の幸福の為でもある。

ロメオとジュリエットが親が解らず屋なので心中しなければならなかったのは古いというのならば、今日、幸福な恋愛を邪魔するものは何もないという夢物語は別とすれば、或る程度まで筋が通っている。併し二人の恋愛そのものが古いということになると、そこで略漢字、新仮名で鍛えられた頭の粗末な構造がぼろを出して、ロメオとジュリエットでも、小春治兵衛でも、或は貴方と私でも、その間柄は新しいのでも、古いのでもなくて、それが恋愛というものなのである。今日、我が国では蒸気機関よりも核分裂の方が新しいという同じ科学からの類推で新しい人間ということも言われている。これも新しい恋愛と同じことで、もし古い人間と新しい人間というものがあるならば、その二人を比べてそれが何れも人間であることに変りはないことが認められない時にどっちか一人は人間でないのであり、人間でないものが新しい人間だったり、古い人間だったりする訳がない。

併し人間というものはそれが人間であることを感じさせる時に常に新しい。その意味では文学も新しくて、幾つかの言葉が我々を動かし、揺すぶる時にそれを我々は何度繰り返して読んでも、又それが何千年前のものでも、我々はその言葉を新しいと感じる。併しそれには言葉が言葉になっていなければならなくて、言葉にはその生命があり、これをいじくり廻して馬鹿にでも解るものにしようとする時に言葉は死ぬ。勿論こういうことは文部省の役人や、そうした人種と付き合える程度の頭しかない学者の理解の範囲を越えている。これもお伽噺の国の話に近い。

VIII

近代化とか、前近代とかいうことを聞かされると近代というのが今の二十世紀の最も進んだ時代で、その近代とそれ以前では凡てが違っているのだという印象を受ける。併し近代文学、或は近代絵画、或はそう呼ばれているものの理論という風なことに就て考えて行くならば近代というのが明確に一つの時代をなしていてその時代は終ったことが感じられる筈であって、近代は今度の戦争とともに、或は戦争が始った時に終ったようである。

これはヨオロッパの近代、又それに接しての立場からしての所謂、近代を言うのであるが、それがいつ終ったかということよりもそれが終ったことが大事なので、時代というのを我々が呼吸する空気という意味に解するならばラディゲの、或はセザンヌの、或はドビュッシイの作品に見られる現実は既に今日、我々の周囲に求めることが出来ない。これはそれが色褪せて見えるということではなくて我々が同じヨオロッパの十八世紀とか、中世紀とかいうものを思い浮べるのと同様にそれが確実にそこにあって我々の分析に堪えるものになったということであり、これはそのことに即して近代が漸くその姿を我々に現し始めたのだということになる。我々はどんなことでもそこから離れた所に自分を置くのでなければその正体は摑めなくて、それには対象の方が時間的にいや応なしに我々から遠ざかって行ってくれるの程重宝なことはない。この頃の人間が言う現実に密着するとかいうことは、もし現実がそのようなことを許すものならば、塀に鼻をこすり付けて塀というのは痛いものであると考えることである。

今になって近代というのは技術と技術論が他のことに優先して発達した時代だったことがはっきりする。ポオが文学の仕事をする上で霊感というものを斥けて文学の目的が何にあるかを決め、その目的を達するのに適した手段を考えに掛った時に近代文学が始った。例えば文学をなしているものは言葉であるということが別にポオとその後継者であるフランスの詩人達の発見ではなくても、技術を中心に頭を働かせる近代の立場からすればそれは特殊な意味を持つことになり、文学の仕事では言葉の使い方が一切を左右することに即して言葉というものの性質とその使い方の吟味が凡てであると認められるに至って詩が物語でもあること、或は勧善懲悪を小説の形式で行うことなどが文学の圏外に置かれる。これは絵が視覚の問題であることに着目して一切を光線の加減に帰する印象派の理論と変ることはなくて、その理論に従えばそれ故に絵で神話その他の事件を扱ったり、肖像画を書いたりするのは絵と無関係のことになり、又そうならざるを得ない。

仕事が凡てであって人生などというものに意味はないというのも、その限りでは間違っていないことに注意すべきである。これをもっと砕いて言えば、仕事をしている間はその仕事の進め方に専心することが肝腎であり、人生などというものに就て頭を悩ました所でしようがないということであって、それと「ボヴァリイ夫人」に人生はないかということは切り離して考えなければならない。つまり、近代でも文学が文学でなくなったり、絵が何か別なものに変ったりはしなかったということに問題を解く鍵がある。もし我々が後期印象派、或はそれに続く各派の絵に親んだ為に例えばルネッサンスの巨匠達の作品に馴染めなくなったということがあるならば、それは好みというものは別として我々が近代での技術の追究に魅せられて絵というものを見失ったのである。その技術の追究に重点を置くということを離れて技術そのものの話になればダ・ヴィンチの技術はどんな近代画家が追究し得たことも越えている。

技術に専念することがどれだけの時には予想外の効果を収めるものであるかは近代の最も近代的な産物である科学が示している。併し科学が技術に重点を置くことの限界であって、それによって得られる知識さえもこれが全く物質の世界のことに止るものである以上、人間に人間であることを教える正常の知識とは呼べず、文学や美術は科学ではない。それならば近代文学というのは技術の問題に特別の関心を払ってそれだけの効果を収めた文学である。そうすると所謂、近代文学の他にも近代的と呼ばなければならない文学があることになって、我々は漢詩や能楽の文句、又ヨオロッパの文学でもシェイクスピアやドヌの、或はダンテの作品を思い浮べる。併しそういうものには洗練の極みに達した技巧以外に更に色々なものがあり、近代文学にもそれがあってそれ故にこれが文学であるのを失わないことを近代での技術に対する関心が我々に忘れさせた。

技術論の上では正当な評価が技術の問題ではないことに対して我々の眼を曇らせたのである。ロレンスの小説は例外なしに彼の正義感に基いた時には堪え難いまでに露骨な勧善懲悪主義の現れであり、レダと白鳥の伝説を扱った詩がイエイツの傑作の一つをなし、それよりも大事なのは近代の洗礼を受けたものが技術を重視する癖を身に付けても、その為に近代以前の時代の人間と眼の構造までが変って来なければならない理由はどこにもないということである。その為にダ・ヴィンチの「最後の晩餐」でキリストの頭の上にある窓の框の曲線を双方に延長すればその二つの線が丁度、食卓の両端に達するということは解るかも知れない。併しそれはダ・ヴィンチがしたことであって、時代によって何を珍重するかが違うということに過ぎない。こうして今日の我々はヨオロッパの近代に相当する十九世紀を越えて十八世紀まで続いた人間の世界と再び結ばれ、十九世紀を通して人間の文明の伝統に再び繋ることが出来る状態に置かれた自分を発見する。近代は去って、その意味が生きるのはこれからである。

IX

本を読むことを読書と呼ぶのが普通のことになってから読書、などと勿体振らなくても、本を読むということ自体が恐しく見当違いなものになったような感じがする。これは一つには本は一冊の本を指してそんなものを読むのは面倒臭いのに対して、書の意味が今日の日本ではどうにでも取れる為に新聞や雑誌もその書のうちに入り、そういうものを読むことも含めて読書と称した方が便利だということもあると思われる。例えば綜合雑誌という風なものを読んでいても読書になる。所が、文学だとか何だとかと結び付く限りでは、読むというのはその読むものを書いた人間とそこに書いてあることを通して対話を行うことで、その媒介の物質としての形態は一冊の本に極り、雑誌は或はそういうことになるかも知れない断片の寄せ集めに過ぎず、新聞に至っては、新聞というものが発行される目的がもともとそんなことにはない。そしてそれでいて新聞と雑誌が我々が読書と称していることの主な対象になっている。

それだから本の恰好をしたものを読みなさいというのではその通りの形式論になって、ここで言いたいのは、読書が本を読むことの代りになった為に本を読むことまでが何か昔は考えられなかった奇妙な所行に歪められたということである。もし読むというのが、それが文学だの何だのと関係がある限り、その読むものを書いた人間との対話であるならば当然先ずその相手が書いたことが意味を持って文学、或は本の世界はそういう人間とその言葉で満され、我々はそういう風に読むということを考える。併し読書と呼ばれている行為のようにその対象が恐しく広い範囲に亙ることになるとしまいには我々の頭の中ではっきりしているのはその読書という名称だけになり、我々は読書ということをしている積りで本も読む。そこにどういう違いがあるか説明するまでもない筈でありながら、やはり説明することが必要であるのが今日の実状らしくて、それで先に一つ言って置くと、我々が読書がしたくて本を読むならばその本は何だって構わないのである。

ペルシャ語を知っているのが嬉しくて、それで読むものはハフィズの詩だろうと当時の料理の本だろうと少しも頓着しない人物のことを誰かの小説で昔読んだことがあった。勿論、今日の我が国で日本語というものが受けている扱いからすれば、その日本語を知っていた所で誰も嬉しくはないに違いないが、そこの埋め合せをするのが読書という言葉の魔術で、読書が我々に日本語さえも立派なものに思わせ、その上に我々の注意をあらぬ方向に散らして読むという仕事の辛さを和げてくれる。もともと読書が我々にとって魅力があるのはそれが我々を偉くし、又それが我々が偉いことの証明であるという観念を伴っているからである。誰と対話するのでもなくて、我々が偉いから読書するのであるならば、その読書の対象になったものを書いた人間は誰であってもよくて、そっちの方からは別に何も得られない代りに、或は得られないからこそ我々はそういう読書ということをする自分が偉いという証拠がもっと欲しくなる。

この頃は現代の日本語で書いた小説の後にも解説が付けてあるのはその為だろうと思う。それを書いた人間が言っていることなどどうだろうと一向に構わないのであるから、その空白を埋めるのに例えば、その人間の思想上の傾向だとか、日本の現代文学で占めている位置だとか、その日本の現代文学を分析した上での流派のどれに属しているかとか、よく考えて見ると何のことか少しも解らないことが問題になり、何のことか解らないことが解ったような気がする所で我々が偉いことが証明される。これがもっと古いものになると更に手が込んで来て、それは古いだけに自分が偉いと思おうにも勝手が違い過ぎるからであるよりは寧ろ古いから今日よりも事情がはっきりし、或はそういう錯覚が生じ易くて、その頃の経済学的な背景だの、社会状態だの、中世紀の僧院の構成はだの、それ自体は綺麗に料理されていても本文とどこでどう繋るかは今日のものの場合と同じく不明な事柄が一層多くなるからである。「マノン・レスコオ」を愛読するものよりも、それが十八世紀に書かれた心理小説であることを知っているものの方が多い。

まだ手がある。又昔話になるが、曾て或るドイツ文学者がマンの「ヨゼフとその兄弟」を読んだばかりだというので、それがどんなものか聞いたらば、流石にマンのEinbildungskraftを思わせる節々がありますねと答えたという話をもっと増しなドイツ文学者から聞いたことがある。そのドイツ語は考えて見れば想像力ということで、マンに想像力があったというのはマンが書いたものを何も読まなくても大体の所は推察出来ることであり、重宝なことに、誰に就てでも言えるこういうことがマンの場合に当て嵌らないこともない。そして実際に読んでも、その程度のことを考えるだけですむのが読書ということの功徳であって、読書が何か尤もらしいことならば、尤もらしい名目や形容詞を並べることで読書の責務は果せて、その上にそうした言葉の選び方次第で確かに読んだものの内部に立ち入ってどうこう言っているのだという感じを人に、そして自分にも与えることになる。

それ故に読書では読むことも、又その読むものを書くことも省ける。ただ字面だけを見て行って十八世紀とか、想像力とか、後進国の前進性とか言っていればいいので、そのことに気が付けば何か書く代りに字面から判断し易いことを字にして並べて行けば足りる。尤も字面から判断し易いというのは多くの人間がそんな風に判断するということであって、どんな風にかを知るには時流に明るいことが必要であり、自分が並べる御託が人に嫌われることを望まないならば時流に投じなければならない。併し別に本気で何か言っているのではないから節操の問題はそこに生じなくて、少しばかり暗記力が発達していれば読書の材料を作製するのに手間は掛らない。ただ小説家だけは前進性の後進国などということをいきなり言えないからと思うのは大間違いで、字面だけで判断出来る人物というものもあれば、状況、事件その他、小説の道具立てで同じ種類に属するものは幾らでもある。

そうすると読書が今日の文学を、或は今日の文学も支配し、文学の場合は読書がこれを葬り去ろうとしていることになる。既に読書サアクルとかいうものもあるそうで、幾人かのものが寄ってたかって文学を撲滅しに掛っている有様が想像される。何か荒涼たる印象を受けて、又本が読みたくなる。「西遊記」がいつの時代に誰が書いた本か解説を見るといいが、孫悟空が高さ万丈の大猴の正体を現し、牛魔王が同じく長さ千丈の大牛に返って戦う所に本当の「西遊記」があるような気がする。併し読書ではそうは行かないらしい。

文学は道楽か

この頃は出版社が全集ものを手掛けるのに力を入れていてその部数も多い為に普通に文芸出版ということで頭に浮ぶ種類の、言わば、独自の性格を持った単行本が小売店の棚から押し出されて売れなくなったという話を時折聞く。

それを嘆く前に他に考えていいことがある。そういう文学全集の内容が必ずしも文学であるとは限らないのは単行本もその点では同じで、文学である率に大した差はないと見られる時に寧ろ注意に価するのは兎に角、文学の名が付くものに何万、十何万、或は場合によっては何十万もの読者を期待することが出来るようになったことである筈である。そしてこれもただそれが喜ぶべきことであるということだけですむものではない。勿論、文学そのものの性質にそれでどういう変化が生じるものでもないだろうが、それだけの読者が本を読むことを求めているというのは文学の仕事が、これは出版も含めて、既に道楽ではなくなったことを示し、文学そのものではなくても少くとも、文学に就て今日まで行われて来た見方を考え直す時期が来たことを感じさせる。これに対して、文学は曾て道楽だったことなどないと主張することもこの主張が今日では現に事実になりつつあることを思わせるに過ぎない。

例えば自分が書いたものが活字になるだけでも有難いという時代が曾ては日本にもあって、そういうことが考えられなくなったのは凡そ最近のことなのである。それまで日本で文学の仕事をするものを支えて来たのは、これも出版を含めて、それがしたいという情熱だったのであり、この情熱を少数の読者と分け合っていた。もし団栗を繋げて数珠を作ることに打ち込むものがあって、その数珠を珍重する何人かの同好者がいたとしたならばこの数珠作りと数珠の珍重を道楽と呼ぶ他ないと同時に、その状況からこの道楽に対する見方の種類も一定して来る。それが何の足しになるかというのもその一つであり、そして又、それをその情熱に免じて高く評価することからその仕事をする人間とそれを支持するものが尊敬されて特別扱いされるという風なことにもなって行く。日本では文学の仕事をするものが尊敬されて特別扱いされ、その余沢がその仕事と付き合う読者にも及ぶのが今日でもまだ続いている。

根本的には、そこにもそれが何の足しになるかという考えが潜んでいるに違いない。そういうどうでもいいことに打ち込むからそれは尊いので、従って又、どうでもいいことをした結果が問題になる訳がないからその出来栄えは全く無視されないまでも、二の次のこととして扱われる。誰かが原稿用紙に向っていればそこに文学があると認められることが今日の日本では行われなくなったと言えるだろうか。それに、書くということそれ自体が尊ばれているのである以上、団栗の数珠作りと違って明白に出来、不出来、本もの、贋ものの区別が付く文学であっても、その区別を付ける習慣がないままに、つまり、読者の態度から言えば、自分が金を出して手に入れるものの品質を吟味するのが常識になる所まで行かず、そうして区別することだけでなしに文学そのものが一体何なのか解らなくなるのを免れない。それ故に事実、文学はどうでもいい性質のものになり、それが文学であるというので買われるという結果が生じる。

文学が道楽であって差し支えない、或はそう見られても仕方がない間はそれでよかった。その通りに、文学というのが何なのかは解らないが、ヨオロッパ人がやることなのだから自分達もやらなければというので始ったのがこの文学という言葉が使われるようになってからの日本の文学であり、それ故にそれをやる人間は阿呆であると同時に篤志家であって、既に立派な日本の文学というものがあるのにこの新しいものと付き合う読者もこれと変らず、この篤志家の集りにその意識も生じた。そしてこれは必要なことでもあったので、この全く拘束するものがない状態がヨオロッパとの兼ね合いで日本の文学の伝統を受け継ぐ試みを無制限に許し、その試みに成功した結果が作品の形を取って少しずつながら積み重ねられて行った。それと比べて日本の現代文学の名が付いた駄作が驚異的に多いのはこの試みが如何に真剣に、執拗に繰り返されて来たかをもの語るものに過ぎない。併しこの試みに成功したものは文学である。

それは今日の日本にも既に文学があるということになる。これを実用に堪える文学と言い換えるとその説明が面倒になるが、それを説明するのは必要なことのようである。その昔、無償の行為というジイドの言葉が日本でも行われたことがあり、その正確な意味とは別に、それが文学を一種の道楽と見る趣味に合うということが全くなかったとは思えず、文学は無用のものでそれ故に文学なのであるというのは我々が長年馴らされて来た考えで、実用に堪える、堪えないを問わないのが文学の仕事を一方ではそれだけ自由なものに、又その反面では幾らでもごまかしが利く余地を残すものにしている。併しそれならば、多少の重複を厭わないで、文学の用をなす文学というのではどうだろうか。例えば言葉を幾つかの行に区切っただけのもの、事実を事実よりもつまらなくしただけの話のもの、文句を並べただけのものがそれぞれ詩、小説、批評と呼ばれるのにも我々は馴れていて、作者も、読者もそれを大目に見る仕来りになっている。併しそれが出来るのは文学が道楽である間である。

本が着実に売れるということと、この頃は文学が流行しているということは引き離して考えることが許される。単に一時的に流行するだけのことならば大概の道楽は流行する機会に恵まれるもので、それが道楽や趣味がそういうものである所以を一層はっきりさせる結果になり、文学に就てこの頃用いられている言葉の中で最も不愉快なものの一つに、鑑賞というのがある。確かに芥川龍之介の小説をどう鑑賞するかというのは一応は通る言い方のようで、瀬戸物にも鑑賞陶器というのがあるそうであり、今日のアメリカでは品評会用の猟犬というのも飼育されているということである。併し芥川龍之介の小説をためつすがめつ眺めていてから暫くして、これは紛れもない芥川龍之介の作と鑑定する程のことならば文学も鑑賞陶器とともに趣味人に任せて置けばすむことであり、そんなものの全集よりも美術全集を出した方がまだしも正直である。つまり、これは文学は置きものなのかということになる。

置きものというのはつまらないもので、率直に言えば、これは食べることも、飲むことも出来ないし、触って気持がいいものでもない。それでただ鑑賞することにもなるのだろうが、例えば文学のように我々が備えている感官のうちのどれを通して何かが我々に伝わるのかはっきりしないものの場合には、我々がそれから受け取るものを我々が本当に受け取ったことを、我々が体で知る味とか、音とかと比較して確かめることに殊に注意することが必要で、それには切実であるという点から考えて何か食べるのと比較するのが一番向いているかも知れない。兎に角、趣味人、通人がものを食べる時を除いて、食べるということ程鑑賞することから遠いものはない筈であり、これには我々の体全体が参加し、それ故にものの味を知るには食慾が盛であることが先ず要求されて、頭を幾ら働かせても体が食べものを受け付けなければ話にならず、そこに鑑賞したりするのと雲泥の相違がある。

我々が何か食べて旨いと思うのはそれこそ紛れもなく旨いものが口に入ったということなので、我々は暫くはその境地にあり、食べたものが目黒の秋刀魚だとか、北京の牡蠣だとかいう判断はそれから大分たって後で付く。或はそうあるべきで、仮に初めから目黒の秋刀魚であることが解っていても食べている間はそんなものではなくなり、もしこれが探幽の絵だと言われて食べて旨いと思っても、それではまだその味が解ったことにならない。我々が道楽にではなくて楽みに、誰もやらないことだからでなしに、誰にも偶には起る気持に動かされて本を読むのもこれと同じであって、何か食べていてそれが食べものであることを忘れるのが食べるということならば我々が本の言葉と付き合っている間はそれが文学であるということが頭から消えて、それが本を読むということであり、文学であって、便宜上、名前を付けなければならないので我々はそれを文学とか、読書とか言っている。

自分が或る絵が本当に好きかどうかに就ての最終的な判断はそれを自分の家に持って帰って掛ける気がするかということで決り、我々にとって親しい音楽を聞くのは全く食べるものを食べるのによく似ていて、おでんを見て或る種の薄辛い味を予想するのと同じ具合に我々は次の音が響くのを待つ。もし誰かが一冊の本を読んでその題名も著者の名前も覚えていなければこれはその人間がその本を実際に読んだと信じる為の一つの手掛りになるが、ランボオがいつ生れていつ死に、「地獄の季節」と「飾画」とどっちが先に書かれたかが即座に言えるものがあったらば我々にはそれが趣味人か、或は大学の仏文学科の学生ではないかと一応は疑うことが許される。それ故に酒通に二種類あり、酒に就て何かと煩さいことを言う酒通の他に、酒が好きで色々なのを長い生涯を掛けて繰り返して飲み、それで酒の見分けが付く酒通もあって、これは酒通であるよりも呑み助であり、それであるから酒通の名を辱めない。

呑み助が道楽に酒を飲むのではなくてそこに自分の生活の味を見出しているのと同様に、文学が好きなものも趣味で本を読むのではない。併し好きなのと解るのとは違うと考えるのがまだ文学の道楽扱いが続いていることを示していて、生憎、酒とか、本とか、又見方によっては、凡て幾許かの価値があるものはそれが好きな人間にとってしか物理学的にも存在しないのである。それでこの辺から実用の文学のことに戻って、問題は今日の日本に文学が好きなものの用に堪える文学、つまり、一つの文学をなすに足りるだけの作品があるかということになり、これは読者の数からそれがあることが推測される。当然のことながら、文学というのは読者がなければ成立しないものであるが、それが少数であるならば曾ての日本でそうだったように、寧ろそれが趣味人、好事家、或は狂信家の集りであるかも知れないのに対して或る一定数以上の読者が恒久的にあることは本を読むのが当り前なことになったことを示し、当り前なことをするのにその材料が贋ものでは用に堪えない。

例えば家を建てるのにその材料が文字通りにその材料でなければ家は建たなくて、何軒も家が建っているのを見ればその材料があることを認めなければならない。それで木が木であり、石灰が石灰であるのと同じ程度に文学である文学ということになって、我が国では曾て文学の本ものと贋ものということが問題になったことがないだけに話をこれから先どう進めるかに就て迷う危険さえ感じる。そして我が国というもの、又それ故に我が国の読者というものが文学に対して如何に寛大だったかということに改めて気が付くのであるが、本もの贋ものということになれば当然、本ものの方を取り上げる他なくなり、それもこの場合は文学とは何かという文学論ではなくて一国に文学がある時、それがどういうあり方をするかということを語るのでなければならないのである。或は普通はどういうあり方をするものかと言い直すべきだろうか。併し日本だけは文学が特別なあり方をしていい訳がない。

先ず考えられるのはその文学を生産するもの、作品を書くものは職人であり、又職人である他ないということである。今まで、或は最近までのように寛大で文学の名が付いていさえすれば何でも構わない読者でなしに文学が好きな人間に作品の題名、著者名を忘れさせるものを書くには言葉を使う技術を身に付けていなければならなくて、それを職人と呼ぶのは悪いと思うものは一つの技術を身に付けたことがまだないのである。そして夢殿の観音でなくても、志賀直哉氏が書いたものにもそういう作品はあって、誰が時任謙作が大山を登って行く所を読んでそれが志賀直哉という人間が書いた「暗夜行路」という小説の一部だと考えるだろうか。それを考える人間はこの小説を鑑賞しているので、そういうことをするのに丁度いいものが日本の現代文学には他に幾らもある。或はもっと正確に言えば、酒飲みが或る酒の味に長年親んでその銘柄のものを求めるのと変らず、我々も志賀氏の、或はラフォルグの、或はそういう何人ものものを名指しで手に入れる。併しもしその酒飲みがその酒を飲んでいてその銘柄のことを考えるならばそれはその壜の酒がどうかしているのである。

もしものを書く人間、つまり、文士が職人であるならば、その文士の一切を決定するものはその腕でなければならない。十八世紀のフランスではコルネイユの名声を以てしても駄作を傑作と思わせることは出来なくて、それは昔だからそうだったのでなしに当時のフランスの文学が発達していて文学の愛好者が優れた職人を支えて成立している健全な状態にあったからである。又もしその反対に文士が単に文士であるということだけで職人どころではない先生に奉られているならば、それはその限りではその国の文学がまだ発達の途中にあって職人の仕事としての文学でなしに何か珍しいものに考えられていることを示す。そのことからこういうことも言えるので、珍しければ新聞種にもなり、好奇心の対象になり易い意味で一般の注意は文士の仕事から逸れてその生活に向けられ、文士はその生活を見失って、ここに文士という役を演じる一箇の役者が公衆の前に現れる。

それが文士の地位が向上し、生活が安定したことでないのは言うまでもない。確かに戦前の日本で文士になることを志せば餓死するのを覚悟しなければならないということもあったが、それ故に文学は道楽だったので、酔狂でやる他ないものだった。曾ては餓死する危険もあった仕事が漸く一つの職業になる所まで行けば、それが何かの向上であると言えないこともない。併しそういう時、そのもとの状態が路頭に迷うことだったということが忘れられている。所が生憎、路頭に迷うのから一家を養ったり、場合によっては一台の車を買ったりするようになるまでの距離がかなりのものだった為にそのことでも文士は注意を惹き、文学を一つの確実な金儲けの道とする見方が流布した。時には相当な金が入るから、そういうのは益々何かの花形になり、文学を志すものも先ずその金のことを考えて、その中間を取って世上の評価では文学が道楽から僅かに一歩前進し、有利な手内職になったと言うことが出来て、今ではその為の通信教育もある。

併し一つの職業が確立して、それに従事するものの生活を保証していることの間違いない印はそれが一般の人々に地道に認められていることであり、我々は左官とか、会社員とか、医者とかに会って、何ていい御職業なんでしょうなどと羨しがったりはしない。我々は左官でも、医者でも凡ては腕次第、又それを含めての運次第であることを知っているからそういうことは言わないと同時に、その職業がそれぞれに生活することを得させているまともなものであるから、それに従事しているものの意味で相手を尊敬する。誰が医者だから、或は会社員だからというので田舎の町に行った時に幟を立てて迎えられるだろうか。そういうのは役者とか、野球の選手とかに対して行われることで、これは顔もその商売の一部なのだから仕方がないが、文士がこれと同じ形で顔を売るというのはどういうことなのか。つまり、その時、人々はこの先生と呼ばれる奇妙な動物が見たいのである。

文学も人様の個人的な好みを頼りにやって行くものである限りではこれも一種の水商売に違いない。併し役者にとって顔もその肉体の一部であり、肉体がその商売道具であるのに対して文士の仕事にその顔が与らないことは既に文学を道楽と見ていない読者の眼には明かなことである。それでもその顔が拝みたくて声が聞きたいのはこれも野球の選手や役者に対してすることで、文士はそうした好奇心の現れから何もその仕事の上で期待することは出来ないし、それは彼の地位が向上したことでもなければ生活が安定したことでもない。寧ろ彼が放送する毎にそれだけ仕事をする時間を奪われ、講演旅行に出掛ける毎に自分の職業とは別な職業の世界に引き入れられてこれは文士である彼にとって純然たる損でなければならない。或はもとは文士という奇好なものだったということを怪しげな看板にそういう水商売の方に転業することで、それならばそれは問題外のことになる。

今日の日本で文学は道楽ではなくて一つの職業になろうとはしているが、この職業がまだ確立したものでないことはその収入の面から見ても解る。大体それで金が稼げるのが不思議がられ、そのことが第一に考えられるのが妙であって、職業であればそれで生活出来るのは当然のことであり、それは金が入って来るということに他ならない。つまり、文学は儲からないものなのにそれで人並に生活しているものもいるのは不思議だということなので、或る本が少しばかり売れたことが新聞で報道され、誰か文士がその収入で家を建てたというのでその写真が婦人雑誌に載ることがそれを示している。そしてそういうことをするのが、ただ生活して行くのでさえも、決して楽でないことは日本の文士の仕事振りからも察しが付く筈であって、単価が安ければ多く稼ぐ他ないことになる。一面、文学が流行しているように見えて、文士が引っ張り凧になっているという印象を与えながらこれは地道な繁昌と違い、事実は貧乏暇なしということに帰する。

本が二十万部出た所で日本の本の値段を思えば、その位は出ても少しも可笑しくはないのである。又大新聞が支払う原稿料も文学が確立している他の国々の水準からして問題にならない低さのものならば、それで生活するものは多く書かなければならない。その新聞に連載小説を書くことが文士の仕事の中では羨まれていいものの一つになっているが、例えば英語に直して五百語を越える原稿を正確に毎日書くことを文士に強いる国が日本の他にあるだろうか。併し二十万人の読者に一応は名が知られ、何百万かの部数の新聞に自分の名が載れば自分が名が知られた人間になったと言えないことはなくて、それと多忙とその底にある経済的不安定を思う時にそこにも文士をその仕事から引き離して別なものに追いやり、つまり、文学が職業として成立するのを妨げる力が働いているのが見られる。それを妨げるのであって、これは少しもその逆ではない。

それ故に職業としての文学、或は本ものの文学というものとその日本での将来に就て考える時、我々は一般には文学が盛になった例に挙げられていることの大部分をそこから差し引かなければならない。この職業もそれが成立する為にはそれに従事することで生活出来るということが第一の条件であって、それに有利な現象は初めに言った読者が殖えたということである。先ずそれだけであると見てよさそうで、指摘するまでもないことながら、これはその人達に或は先生と呼ばれるかも知れないからではない。これも前に例に挙げた酒と同様に文学もそれを理解する人間があって始めてその仕事が出来るのであり、文学が具体的な形を取ったものは本であるからこの場合は本の買い手が文学を理解する人間でなければならず、そのことからも文学の世界で読者というものの重要な位置がはっきりする。又これは本が売れなければ金が入らないからというだけのことではない。

その昔、カアライルの「英雄と英雄崇拜」を読んでいて、マホメットが山の中でその信仰を得て戻り、妻にそのことを語って妻がそれに帰依した時にその信仰が倍したという一節に打たれたことがあった。これと同じ事情が文学にも見られて、文学は言葉を使って人を動かす技術であり、実際に人を動かすということがなければ自分が技術の積りでいるものも本当にそうであるかどうか解らない。それだけではなくて、文士は自分が書いたものが読まれてその読まれ方にも教えられ、その意味でも読者があってこそ彼は仕事を続けることが出来る。そして文学でも仕事をするのと腕を磨くのは同じことであって、その結果を確かめるのと人に何かを伝え得た喜びを味うのと、その両方の点で彼には読者がなくてはならない。尤も他に誰もいなくても彼が最後まで失わないでいる読者に自分というものがあり、これは何れにしても彼が常に対話していなければならない相手であるが、自分の言葉を始めてその言葉を聞く思いで受け取るのは難しいことであるのみならず、終りまで一人ならば自分一人しか動かしたことがないのが動かせないのと余り変らなくなる。

文学の世界で読者が演じる役割はそれだけに止らない。もし文士が読者に教えられるならば読者も文学に対して文士に眼を開かれて、その読者が堅固な層をなして文学に根を降す場所を与える時に文学は始めて実を結ぶ。この読者というものがあって文学が単にその名を借りて来ただけの空論ではなくなり、文学をそれそのものとして眺め、又語ることが許されるのみならず、それをしないことが拒否されて、この層があって文学のどんな妙技にもその舞台を提供する。今日の日本ではそうではなくなったというのは今日の日本ではこの読者の獲得と開拓の為に宣伝に力が入れられているということに過ぎなくて、そうして読者に与えられるものが多少なりとも文学である限り、文学というものの性質、又その作用からして読者は益々堅固な層をなして行く結果にならざるを得ない。この読者は文学を理解し、それ故に宣伝に乗らなくて、何れは宣伝をやる必要がなくなる。

過渡期の現象を将来の指針と見てはならない。今日行われている宣伝はこれまで考えられていたのよりも遥かに多くの本の買い手がいることが解っての、その買い手に本を届かせる為の努力であって、それが目的の宣伝が次第に大掛りなものになる他ないのと反対に宣伝よりも正確で迅速な告示が、又各界の名士の推薦よりも文学に対する理解に即した書評がやがて必要になって来るに違いない。これは本の内容に就ても言えることで、或る種のどぎつさが現在は或る程度の売れ行きを示しているからもっとどぎつくすればもっと売れるという訳には行かない。戦前、フランスには出版の完全な自由があって、出版というものを許す以上はそうあるべきだと思われるのはどんなに徹底した儲け主義で作られた猥本も、悪書もその迫力にかけて文学には敵わなくて、そうした本は売れない為に一般の本屋から締め出されて僅かにセエヌ河沿いの露店に置かれ、文学の世界では良書が悪書を追放することを余りにも明かに示していたからである。これは文学の常識であり、又それが解って来れば良書を実際以上に良書と宣伝する必要はなくなり、悪書を良書と宣伝するのは無駄になる。

少くとも今日の日本には真面目に本を出して行く出版社を幾つか維持するだけの読者が既にいる。そしてそういうのが読者というものであることになった時に文学が一つの職業であることも始めて全面的にはっきりするに違いない。又それで文士というものの地位も確立するので、これは自分の仕事をして生活して行くのに引っ張り凧にされたり、旅行をさせられたり、写真を取られたり、談話を発表させられたり、壇の上や拡声器の前に立たされたりしないですむことを意味する。先年、サマセット・モオムが休養に豪華船に乗って日本に来た時、日本に着くまでは全く一人の金持の隠居が暇潰しに船旅をしているとしか見えなかった。モオムが持っているだけの読者を日本の文士が獲得するに至るかどうか、今日の日本で流行作家と呼ばれているもののことを考えても覚束ないし、従って豪華船で外国に行くのも夢かも知れないが、少くとも日本の国内のどこを旅行しても人にほうって置かれて誰とでも対等に口が利けることになればこういう天国もあったかと思うに違いない。

それとも、思わないだろうか。それならば参考までに、文学の仕事というものはそれをしている時だけが文学の仕事であって、寝ても覚めてもということはあり得ない。他の職業ではそれがあるかも知れないが、文学で何よりも大切なのはものをありのままに見ることで、ものを見る眼も人間の一部に過ぎなければ、それには先ず自分がありのままの自分という人間であることから始めなければならない。例えば人間の生活をそのままの形で眺めたければ自分もただの人間になって生活することが必要で、文学ではそれも仕事、又それが最も重要な仕事であり、逆説的に言えば、文学も一つの職業ではあっても、この職業ではそれに従事するものが職業化することが禁じられている。又一方、実際に書く仕事に掛れば言葉を探してこれを組み合せるのは生易しいことではない為に他のことをしている片手間にそれをやることは許されず、その時にそれは生活を離れ、自分以外の人間から離れて行われなければならない。それは言葉というものをありのままに眺め、その状態でこれと付き合うことでもあって、そうすると文学の仕事にはそのどこにも人前で文士面をする余地が残されていないのである。

従って、文学的なものの見方などというのはそれ自体が矛盾でないのならば文学的はこの場合、ありのままの同義語であることになって、それならば文学の仕事を離れても凡ては文学的であることが望ましい。ここでもう一度、フランスの豪華船の甲板に籐椅子を出して腰掛けていたモオムを思い出さないではいられない。どう見てもそこで日向ぼっこをしている一人の人生に満足した老人であって、ただそこにいた。それで、平凡なという言葉も付け加えなければならないのだろうか。それならば何故、先生と呼ばれないただの人間が平凡でなくてはならないのか。例えば日光を平凡なものと見る他にこれを美しいとか、有難いものとか感じる見方があって、文士ではないただの人間、又それ故に文学を理解するものならばこの方を取る。モオムの小説なんかと言うのならば、同じ場所にマラルメを持って来てもやはりそこに一人の人生に満足した中年の男がいるだけだったに違いない。大体、見るからに誰かでありそうな人間などに碌なのはいないのである。

そうすると文学の仕事をするもの、つまり、文士はもしそれが本ものの文士ならばただの人間である。考えて見ればこれは当り前な話であって、今日の日本では文士の中で小説家が偉いことになっているが、もしその小説家が如何にも小説家らしい、或は文学的な考え方というのに従って自分や自分の周囲を眺めるならばどうしてそれを小説で描くことが出来るだろうか。もっと高級なことをやっているのだと言いたいのであっても、そういう高級なものというのはない。ピカソの絵は妙ちきりんだから高級だと思うものは彼のデッサンを見るといいので、ものがありのままに自分の眼に映っていなければそれを自分の思想で歪めることは出来ない。初めから歪んでいるものがもっと歪められるだけで、ピカソの絵も歪んで受け取れるならばそれが自分の下手な言葉遣いの慰めにもなる。こういう場合に、文学の害毒というのも重宝な言葉である。

併しもう一つ、先生方の言い分に、自分達は職人であってもその仕事から人が得るものは美であり、愛であり、人生の真実に死の恐怖であって、それを左官や旋盤工や豆腐屋と一緒にされては困るということがある。これは尤ものようにも思えるが、死の恐怖など別に有難いものではないからこれは止めて、倉の白壁を見て美しいと思わない人間の眼はどうかしているのであり、人生の真実は豆腐屋や旋盤工の言葉でも表され、愛に至っては、それを生身の人間から受けた方がどんなに増しか解らない。それに文士がそうした聞えがいいものが表現出来たというので喜ぶというのも妙な話で、本当の文学の職人ならば何をではなくて何かを言葉に直そうとしてそれが言葉になることを願う筈である。彼にとっては、そうして得た言葉の一つ一つが彼を成就する。確かに人間の世界で文学でしか出来ないもの、言葉でしか表せないものがあることはあって、それは最終的には人生の叡智というようなものであり、そういう言葉を探り当てた文士はそのことを誇りとしていいかも知れない。併しながら、その言葉を必ずしも自分のものと思うことが許されないのはそれがその意味を持つことになるのが先ず自分が生きているうちにではなくて死んでからの時間の経過と読者の協力、つまり、後世に待つ他ないことだからである。

言葉

文学の効用などということを我々は考えたこともなかった。一つには我々が文学を知った頃はそれが全く無力なものに思われて、無力なものの効用を考えるのは意味をなさず、それ故にそのようなことはしなかったということがある。又それが文学の魅力でもあったので、どう見ても何の役にも立たないだけでなしに、立つというものは嘘をついているのに決っていて、それでいて幾らでも深入りすることが出来てその手ごたえもあり、又それが精神に響くという形を取る手ごたえである文学の世界は或る一つのことに熱中することを求めていた我々には唯一の精神の使い道を約束した。

それが我々の錯覚だったということは勿論ない。我々が文学に認めたことは事実、文学の特徴の一つをなしていて、何の役に立つという保証もなしにその世界はどこまでも拡り、その拡り方がそれには限界がないことを感じさせるのがそこに遊ぶことにも行き詰りというものがないのに呼応し、一つの表現を得ること、或はそれに接することがそれだけで何かをこの世界に加えたことになるのであるから自分を験すこと以外に望みを持たないものが文学に惹かれるのは当然であって、根本的にはそれがいつの時代にも文学というものの魅力である。そして文学に関心を持つもの以外には誰もそうした関心を持たない時代には関心を持つものにとってそういうことがもっとはっきりするかも知れなくて、ドガの眼から見たマラルメのように気違い扱いされるという多少の不便を忍ぶならばこういう状況は文学の世界に入って行くのに最も適しているとも言える。我々が文学というものを知ったのが丁度そういう時代だった。

今日のように文学が少くとも金儲けをする口実になり、それとは恐らくは別に何か訳が解らない具合に有難いものにもなっている時代には文学が今ここで言った通りのものであることを改めて頭に入れる必要がある。それには文学がその世界を離れては少しも役に立たないものであるということから始めるのも一つの方法で、もしそれを至上主義というのが付く一つの主義と呼ぶならば生憎、そうであることに間違いないのであるから文学など無視するのが男らしい態度というものなのである。尤もこれは文学自体の働きが我々に保証してくれることで、我々が何かの為の積りで文学と付き合う時に文学は消えて我々はその何かの為と称して時間を浪費してその何かを裏切ることになる。第一、我々は言葉というものに魅せられることから始めなければ文学と付き合うことは出来なくて、言葉に魅せられた状態にそれ以外のものは全く入って来ない。

それだから、ここで純粋ということをもう一度持ち出してもいい。その純粋というのは言葉を言葉としてその言葉のまま使うこと、或は受け入れることで、これは言葉に魅せられるのと同じことであり、我々と文学の付き合いのみならず、文学そのものがそこから始っている。それだけでなしに、文学が遂に終るのもそこであって、その先の所で我々は何か文学以外のものに引き渡される。確かにその通りであることを知るにはその反対のことを仮定してそれに従って考えを進めて行って見ればよくて、それが今日では普通のことになっているからその例は幾らでもある訳であるが、我々は小説を読んでもそこで新しい道徳が求められているとか、転向者の心理が描かれているとかいうようなことを言う。或は誰かが或る説をなせば、それが間違っているかいないかという点を先ず取り上げて、間違っているという答が出れば、もうそれ切りである。

従って、詩などというものは読んでも全く意味をなさないことになるが、こういう現象に見られる共通の特徴は文学に就ての最も初歩的な知識を無視して言葉で表されたことを実際にあったこと、或はあることと決めていることである。こうした状態では言葉をその言葉として受け入れるのと言葉で表したことを鵜呑みにすることの区別も付け難くなっている訳で、それだけに説明を急ぐならば、小説で新しい道徳が求められていると思うのは、或はそんな積りで小説を書くのは、もし小説に登場する人物が実際にいて今日の世の中でその人物がするようなことをしたならばと考えるのを別な言葉に言い換えたのに過ぎない。又転向者の心理が描かれているというのも実際に転向ということをした人間が実際に小説で描かれた通りの反応を示すことを仮定しているのであり、誰かが或る説をなしたのに対してはそれが間違っているかどうかをない智慧を絞って判定しに掛る代りに、その説をなすのに用いられた言葉に即してその説がそれをなしたものにとってどの程度の意味、迫力、或は生命を持つものかを測るべきである。

スウィフトがアイルランドの貧民の窮状を英国政府が顧みないのを怒って、そういう貧民の家に生れた赤んぼを集めて殺してその肉を英国で売れば貧民は金が入るし、養わなければならない口数が減るから一挙両得だという論文を書いた時にスウィフトが真面目にそう考えているのだと思った馬鹿がいた。そのような極端な馬鹿の場合は別として、例えばここにこういう文章がある。

それは女ではなくて、透明であるのに感覚がある無類の物質で出来た生物、又刺戟に対して極度に敏感なガラス状の肉体であり、それは又、水に運ばれて行く絹の円蓋、碧玉の王冠、又絶えず震動する細長い帯であって、水母は自分達の縁や皺を伸ばしたり、縮めたりし、その間にも引っくり返ったり、自分の形を変えたりして、水母はそれに鈍重な圧力を加えている水と同様に自在に泳ぎ廻っていた。そして水は水母と一体になり、それを凡ての方面から支え、その微動に応じて立ち退き、今までそれが占めていた場所を満した。つまり、水母はそれに少しも抵抗しているとは思えない充満した水の中で運動の完全な自由を与えられ、そこでその均斉が取れたきらめく肉体を拡げたり、収縮したりしているのだった。この一群の絶対的な踊り子達にとっては足場も、何か固体であるものも、舞台もなくて、あるのはただそれを凡ての点で支えながら、どこでもそれが進もうとする方向に後退する単一の環境だけなのである。そしてその伸縮自在である水晶のような肉体にも固体も、骨も、関節も、又不変の結合や、数えることが出来る体節は何一つないのである。

……

ここに引用した言葉を鵜呑みにして、それが表すものを実際にあったことと考える時にどういうことになるか。これは実際にあったことで、水母が海水の中で泳いでいるのをこの一節を書いた人間が見たのである。そうすると実際にあったことと普通言われているのが如何に粗雑な要約、であるよりも、省略であるかが解って、ここに書いてあることをその実際にあったことに直すならば、それは水母が海水の中で泳いでいたということになって、これはどうにでも取れる一つの言い方である点で全く無意味である。或は、ここにある言葉を鵜呑みにするならば、その一つ一つに就てそうする他なくて、それが言葉をそのまま受け入れるということであり、これをやって行くに従ってヴァレリイが見た水中の水母の現実が築き上げられ、いつあったのか解らないその実際の事件を離れてこの一連の言葉が現実になる。その言葉をそれ以上に具体的なものに変えることは出来なくて、それを指すものの一切がそこにあり、又そこにしかない。

実際にあったことをそのまま伝えるにもこういう文章を書くだけの精神の操作が必要であって、微妙な事態を認識し、表現するには微妙な言葉を探す他なくて、そして凡ての現象はこれを直視する時には微妙な事態を生じる。併し少くとも小説はどうせ嘘を並べたものなのだからと思うものがあるかも知れないが、それならばこういう文章がある。

その頃の、水が押し寄せて来るのが余りに早かった為に今ではその昔海底に沈んだリヨネッスの王国と同様に全く跡形もなく消え失せてしまったその頃のオックスフォードはまだ水彩画の色をした町だった。そこの道幅が広い、ひっそりした街路にはニュウマンの時代と同じような恰好をした学生が歩いていたり、立ち話をしたりしていて秋の靄や灰色をした春や、――丁度その日もそうだったが、――栗の花が咲いて町の建物の切妻や円屋根の上を教会の鐘の澄んだ音が響いて来る極めて稀にしかない晴れ渡った夏の日は何世紀にも亙ってここに人々の青春が過されたことから生じる柔かな空気に息づいていた。この僧院の中にいるのに似た静寂が我々の笑い声を反響させてそれを辺りの雑音を越えてどこまでも明るく伝えて行くのだった。

これも言葉を一々鵜呑みにしていてはやり切れないから、これは単に小説の舞台で早く誰かと誰かが恋愛でもする所を見付けなければというのならば、こういうのがある。

十一時頃、セバスチアンは何の前触れもなしに車を荷車の行き来がやっとの狭い道に入れて止めた。もう蔭が欲しくなる程暑くて、羊が芝を食べに来る小さな丘に楡の木が何本か枝を伸ばしている下で私達は苺と一緒に白葡萄酒を飲み、この取り合せはセバスチアンが言った通り、何とも甘美なものだった。そして私達は太いトルコの巻き煙草に火を付けて俯けに寝転り、セバスチアンは私達の上に重なっている楡の木の葉を、私はセバスチアンの横顔を見詰めていた。煙草の青味掛った灰色の煙が木の葉の青味掛った緑色の影に向って真直ぐに昇って行き、煙草の匂いが私達の廻りに満ちている夏の幾つもの匂いと混じり、黄金色をした葡萄酒の酔いが私達を芝からほんの僅かばかり浮き上らせて宙に私達を支えているようだった。

「ここは金の甕を埋めるのに丁度いい所だ、」とセバスチアンが言った。「私は私が幸福な思いをした場所毎に何か貴重なものを埋めて、そして私が年を取って醜くてみじめな人間になってからそこへ戻って来てそれを掘り出しては昔を回顧したいんだ。」

それならば舞台も舞台で行われることも同じであって大体、小説の舞台を芝居の書割のようなものに考え、舞台は飛ばしてそこで行われることに移ることが出来ると思うものは小説でも凡てが言葉から生じた影像なのだということを忘れている。又これも解り切ったことであるが、もし凡てがそうならば小説に書いてあることまで我々の周囲で実際に起ったことと一々引き比べる必要がないのみならず、言葉で表されたことは何でもそれとは別で言葉で表すのが難しい我々の偏見とか、時代の風潮とかに照して判断しなければならないというのも全く奇妙な習慣であると言う他なくなる。この頃は小説に書いてあることも本当であることになっているのに対して寧ろ初めから所謂、本当のことだという建前で書いてあることも小説や伝説と同列に扱う以外に方法がないではないかというので、言葉を判断するのに我々が用いる道具は論理であり言葉なくしては論理を辿ることが出来なくて、こうして我々は言葉に言葉で立ち向うのならば、我々が接する言葉に我々の判断に必要な凡てのものが揃っている。

例えばエリオットのシェイクスピア論が信用するに価しないことを我々に教えてくれるのはエリオットがそこで使っている彼自身の言葉であって、彼が「コリオレエナス」は完璧であり「ハムレット」は出来損いであると言う時に我々のうちにある言葉というものが働き出して我々はエリオットがそう考えているのであるよりも彼が言いそうに人が思っていることを言っているのを感じ、彼が「ハムレット」ではシェイクスピアが自分に解らないことを扱っているのだと何ごとかを指摘している調子で説くに至ってこの批評での彼の誠意に対する疑いは決定的なものになる。と同時に、彼のダンテ論が見事であるのはダンテに就て彼が語る言葉がダンテと彼の間の距離を次第になくして行き、彼にとってダンテが確実に存在したことを示してそのダンテがこの彼の批評にあることを我々も疑えなくなるからである。ここには我々が首をかしげる余地がない。

これを今日では普通の言い方で表すならば、エリオットが如何にダンテを愛したかとか、ダンテに就て情熱を込めて語っているとかということになる。これは我々が如何に情熱という風なことを愛するかを示していて、そこにも言葉というものに対する不信が見られる。我々が小説のようなものを読んでいてさえもそこに書いてあることが実際に起った場合を思わずにいられないのは結局は言葉を薬の効能書に使ってある種類のものと同様に一種の符牒と考える懶け癖が身に付いて、言葉から受け取れるものの大半を素通りし、それで言葉だけでは満足出来なくなっているからである。ダンテは言葉を使うのが仕事だった詩人で、この詩人の言葉に就てエリオットが更に多くの言葉を費し、それでは余り寂しい、或は無駄な話だから愛だの、情熱だのが必要になって来る。それ故に勿論「神曲」もそうしたものの塊で、それ故に古典であり傑作なのである。

ここで言いたいのは愛も、情熱も、序でに信仰、天国その他も結構であるが、それが欲しいならば何も文学に行くことはないということである。それは例えば恋愛の経験がしたいものが恋歌や恋愛小説を読むようなもので、もしその人間がそれで満足するならばその人間が求めていたのは恋愛ではなくて言葉であり、気が付いて見れば、自分が求めていたものは言葉だったという場合もあることに問題の一切が含まれている。もし恋愛小説がその名に価するものならばそこには恋愛の表現がある筈であって、それは恋愛を求めているものもその表現であることを認めるに違いない。そしてパスカルが、もともとがつまらないもののその又絵が何が面白いのかと言ったのに対しては、それでは高貴なものの絵がその性格を写し取った為に高貴であるならばそのものの高貴な性格は絵に奪われて絵にあるのではないか。同様に、つまらないもののつまらなさが一枚の絵にあるならばそれがつまらないだろうかと反問することが出来る。その上に、言葉の場合、何だろうと取り上げたものを表現の世界に移す力は絵の比ではない。それでパスカルは絵を例に引いたのだろうか。

その表現、ここでは言葉による表現ということも再考に価する。それをパスカル風に取って、何か或るものの写しと見るならば文学も絵空ごとである。併しその逆を言って、言葉で表現されたもの、要するにその表現、或は更に正確にはその言葉に我々が認めるものがそこ以外にどこにあるかということもあるので、そのようなものはどこにもない。「ボヴァリイ夫人」にも、「薄命のジュウド」にもその種になった話はあっても、話の女とボヴァリイ夫人やスウザンは別ものであって、それはそれを書いた人間が小説家、或は天才だったからではなしに何れも厳密に言葉と言えるものだからであり、もしこの場合は種になったものがつまらな過ぎるからという誤解を生じる危険があるならば「レオナルド・ダ・ヴィンチ方法論序説」のダ・ヴィンチもそこにしかないものなのである。ダ・ヴィンチはヴァレリイが彼に就て言った凡てだったかも知れない。そして彼が生きた人間だったことは確実である。又それ故に彼に就てそれ以外に確実なことは彼が残した各種の作品だけであって、それは更に一つの作品、或は言葉をなし得る。ヴァレリイが書いたダ・ヴィンチはそういう言葉である。

それでこういうことが言える。もし言葉で表現されたものをそのもの自体と見るならば言葉には愛も、情熱も、ダ・ヴィンチも、彼の水力学の研究も、姦通も、自殺もある。何でも言葉で表されたものはそこにあることになり、ただないのはそういうものを支配している筈の偶然であって、それ故に、その限りでは一切のものは言葉になった時に始めて実在するということが成立する。そして言葉になったものも言葉であるからそれは言葉だけが実在するということであって、我々はそうして言葉としてしか実在しないものを少くとも一つは知っている。今日、現実というのは現状とか、理論と実際の実際とかを指すものと思われているようであるが、我々にとって親しい我々の生活の現実がそういうものと違っていることは幾らかでも注意を働かせれば明かなことである。少しばかり方向を変えて、懐しい故郷というものをなしているのはそこで暮した子供の頃の記憶であり、そこが自分の父祖達も住んだ所という考えであり、故郷というのが人間にとって意味するその意味であって、それは言葉であるか、或は直ぐにもそこから言葉が生じる種類の精神状態で、これは感傷でなしにもしそういうものを取り去れば後に残るのはどこにでもある草と木と泥に過ぎない。或は、故郷のように言葉の負担が殊の外に大きい場合は別とするならば、例えばマラルメの「潮風」にこういう一節がある。

海に浸るこの心を引き留めるのに
眼に映る古い庭の影も、
夜、空白が近寄り難くする紙に差しているランプの荒涼たる光も、
子供に乳を飲ませている若い妻も利き目がない。

この夜、まだ何も書いてない紙にランプの光が差しているということで一つの現実を築いているのがこの詩の言葉であることは言うまでもないが、その前に既に夜も、白い紙も、ランプも、その光も、夜であるから、白い紙に光が差しているからということで浮ぶ幾つかの言葉になって詩人の精神にあったのであり、夜という言葉、紙という言葉、又それが呼び出す無数の他の言葉がなければ夜、ランプがついているのは廻りが暗闇である時にその辺だけが明るいということにしかならない。この詩に限らず、現実というのは人間にとってそうい

う風に存在し、或は人間がそうして幾つかの言葉に向って言葉を求める状態になって生じ、それ故に現実というのは我々にとって親しいものなので現状、実際などのただ事実が集っているのに止るものと違った形で我々に語り掛けるのである。この語り掛けるというのは、ここでは文字通りにとって差し支えない。

そうすると言葉が集ったものである文学が何の役にも立たないという考えが危くなる。或は少くとも、その反面をなしているもう一つのこと、つまり、文学が一切の具体的なものと何の交渉もないという見方をすることは出来なくなって、現実というものを通して言葉が我々の生活に繋っている。現実はそれを受け取るものの状態によって違った色合いを呈し、それは色合いの問題に過ぎないと言ってもその色合いが現実なので、状態の如何では現実というものが存在しないこともある。或は現実が生じる方式はいつも一つであっても、その方式に従って人間の数だけ現実があり、それが人間とともに刻々と変って行って、人間とともにそれは生きているというのが一番要を得ている。テスト氏が部屋を出て、どのように複雑な観念も、思想の体系も草木や石ころと少しも変らない明確な形で存在することを認めて部屋に戻って来た時にその部屋の現実は前と同じではない。

ヨオロッパ人は現実のことを何と言うか。それは réalité であってもいいだろうが、我々が夜、誰かが焚火をしているのを見て、火という言葉が頭に浮ぶ時にも一つの現実がそこに生じ、それ故に現実は火とも呼ばれるし、それがこの道は小石が多いでも、或はこの湖で人が死んだのだであってもいい。そして話を進めるのにここで我々にとって必要なのはこの親しく語り掛けるという現実の性格であって、現実が言葉と我々の生活の橋渡しをするということを離れても言葉と符牒でしかない言葉、或はその形でしか使われていない言葉の違いは言葉が一つの現実をなしているかいないかにあると言える。又それ故に小説のようにそこに持ち出された事柄がそれ自体でそこにあると錯覚させる種類の言葉の仕事から遠ざかれば遠ざかる程言葉が言葉でなければならないのは当然で、悪文でも一応は小説と思えるものが書けるが悪文で書かれた哲学は哲学にならない。

鷗外ならば「天保二年は蘭軒歿後第二年である、」の一句で我々をその世界に引き寄せることが出来る。西田幾多郎は人間が一心にピアノを弾いている時、或は登山に熟練したものが山を登っている間の持続ということで現在というものを説明し、その言葉に現在があって、それ故にそれは観念であって現実であり、こうして観念に観念が積み重ねられるのはここでは西田幾多郎の思想の世界が鷗外の歴史の世界と同じ確かな手ごたえで展開して行くことである。それならば我々がいる場所にはない現実が言葉で築かれ、その方が我々にとっての現実になるということもあって、文学で読むに足る作品というのがそれであり、現実ということを我々が言う場合、この方の現実を除外することは許されない。我々が現実というものを知るのに一冊の本は手頃な材料であり、理論と実際という風なことが気になるならば実際の本というのは多少の紙や印刷インキその他が集って出来た物体であって、それが現実の一部をなすにはその本に就ての幾つかの言葉が必要になり、その本では更に別な現実が我々を待っている。

我々が意識する自分の現状というものにはどれだけその種類の現実が入って来ていることか。ヨオロッパでも本歌取りということが行われていて、詩が詩を含む時に我々が意識するものは更に密になり、幾多の現実が互に作用し合って我々の現実はそれだけ洗練され、野蛮人に現実というものがあるのかどうか、もしあるならば、我々は野蛮人にとって言葉が我々の場合よりも純粋な存在であることを認めなければならなくなる。確かに野蛮人にとっての焚き火の現実は我々が知っているものを色褪せさせるに足るものに違いなくて、そこに言葉と呪術の関係が生じるとも考えられる。そういう人間には火という言葉と自分が見詰めている火とどっちがより強力であるかは我々に即断を許さないものでなければならず、この現実の認識に即してそういう人間は火を巧妙に、又心を込めて扱う。それはその現実が語って聞かせてくれるものが余りに多いので不注意に振舞いたくても振舞えないのである。

併しこうして我々にとって実在するものの大部分が言葉であり、その作用で我々にとって親しい現実が生じることが解っても、そこから直ぐに文学の効用を考えることは出来ない。今までは例えば、自由と言う時、その言葉以外にどこかに自由というものがある積りでいた。それは椅子という言葉の他に椅子があるのと同じ具合にという訳だったのであるが、自由が言葉であり、この言葉の作用が自由の作用であることが解っても我々が知っている自由そのものに変りはなくて、我々は自由が言葉であることを初めから知っていた。或は現実が言葉の作用で生じるものであることが納得出来ても、それは我々が今まで馴染んで来た事情を改めて言葉で表したのに過ぎなくて、そこに我々が色々なものが言葉であるかどうかを考えずに暮して来たのをこれから改めて考える必要があるかという問題が残る。自由を何か椅子や卓子のようにどこかに転っているもの、或はそれが言葉であるから存在しないものと見るのは間違っていても、そこへ行く途中の状態でも自由は守れる。

人間は言葉を使って考え、その考えるというのは言葉を探すことである。併しそれだから言葉がなくては困ると決めることは許されなくて、人間とこれ程に密接に結び付いたものがもしなかったならばと仮定するのは人間にとっては生命が必要であると説くようなものであり、言葉も、生命も、なければないで人間がいなくなるだけのことである。それでは人間がいなければならないという根拠がどこにあるだろうか。一体に、役に立つとか、立たないとかいうのはそれ程になくてはならないのではないものに就て言うことで、なければ一切の問題が解消するという種類のものを幾つか前提にして認めた上でそういうものがある為に重宝なものを我々は役に立つと考える。例えば人間がこの地上に生きてやがて死ぬというのを動かせない事実と見る時にその人間が生きるのを助けるから医学は役に立つのである。それならば文学、つまり、言葉を組み合せたものであり、又そうして組み合せる技術である文学は我々の精神活動の大半を占める他に何かの役に立つのだろうか。

別にそういう性質が文学に認められなければ勿論それはそれで構わない。併しそれがないと決めるにも先ずそのことを確かめなければならなくて、このことは今日では少くとも表向きは不問に附されている。曾ては教訓ということが言われて、例えば人に善悪の区別を教える為に文学があるという見方もあった。それが事実そうならばそれを認めなければならなくて、言葉を有効に用いた場合のその説得力を思えば、これはありそうなことと考えられなくないが、それは言葉の性質が許さないことで、何故なのか勧善懲悪の目的で言葉を使う時に言葉は生きて来ない。恐らくは勧善懲悪ということ自体に無理があり、無理を言葉は嫌うからで、生きた言葉はそれがスウィフトの諷刺であっても、凡ては善であるとどこかで囁いているという印象を受ける。そう言えば、善悪の区別ということそのものがひどく幼稚な観念であって、人間の行為を律するのがそのようなものよりも遥かに厳しい性質のものであることを我々は経験で知っている。

併し教訓でも、善悪の区別でもなくて、我々が生きて行くのに道を照してくれるものがあるのは、いいも悪いもなくて人間にとって掛け替えがない人生というものがあるのと同じで、もしその照してくれるものを人生の智慧と呼ぶならば言葉が現実になって我々に親しく語り掛けるのもその智慧に就て語るからではないかという気がすることがある。その智慧がそこになくてもそういう言葉ではもう一歩でその戸が開かれようとしていて、それは人生に繋り、生きているものの息吹きを伝えるから我々がそれを親しいものに感じるのではないだろうか。それを例証するには文学の傑作を一々挙げて行かなければならない。併しそういうことをしないでも先日読んだ本の中にロオレンス・ヴァン・デル・ポストの「カラハリ沙漠の失われた世界」というのがあって、この本から引用することでここで言いたいことの一端は示せると思う。これが近来の名著であるのは疑いないことである。

ポストはアフリカに曾てブッシュマンという人種がいたことを知っていて、それが現在ではカラハリ沙漠の奥だけに僅かに生存していることを突き留め、それを探しに沙漠に分け入って行く。ここに引用するのはこの人種との接触することに成功してからの彼の見聞記の一部である。

我々の野営地から一マイル程離れた灌木地帯の端で三、四人のまだ小さな子供が首まで茨と草に埋って一列になってやって来るのに我々は出会った。その先頭に小さな男の子が片手に木の根を掘る棒、片手に食用の根や、茎や、毛虫や、味が殊の外にいい種類の幼虫で一杯になった包みを持って進んで来た。

「かもしかの足跡」という名の小さな女の子がその後から木の実や根を入れた包みを持って続き、これは他の子供達の母親代りになっていて、それは妻のように大人しく男の子の後から付いて来ながら一番小さな子が最後に来るのを絶えず振り返り、優しい言葉を掛けて励ましているので解った。その小さな男の子は片手で大きな亀の子を持ち上げて担いでいて、その努力と他の子供達に遅れまいとするので息を切らしてた。

ヌクスウがその子供達を見ると喜びと愛情で顔が忽ち明るくなった。彼は子供達の脇に膝を突き、包みの中を覗いては、よくこんなものがあったと驚いて見せ、褒めそやすので明かに彼が大好きな子供達は疲れ切っているにも拘らず、嬉しさに体中を震わせて声を立てて笑った。

又、次のような一節もある。

最後の小屋の外に、これ以上に年取ることが出来るとは思えない一組の夫婦が地面に腰を降していた。この二人はヌクスゥの祖父母でその顔は年齢と気候で無数の皺が寄り、皮膚の色も変って、何か東洋の文字を細かく書き込んだ茶色の羊皮紙のようになっていた。二人とも非常に静かな表情をしていて、絶えず顔を見合せているのは、そんなに長い歳月を一緒に過すことが出来たという奇蹟が今でもまだ続いていることを確かめているのだという感じだった。

こういう言葉には叡智があると言える。それを伝える為に文学があるのではないかも知れないが、文学の他にそれを伝えるものはないのである。

批評

エリオットによれば、批評はそれ自体が目的ではない活動であるから文学ではない、或は彼の言い方に従えば、創造的なものではないということになる。彼がその説をなしている「批評の仕事」という題のものを読むと例によって明快なようでいて、どこか途中でその明快なものが遁辞に変っているという感じがするが、強いてその意味を汲めば詩、劇、及び小説はそれを書くこと以外に目的がないから独立した活動であり、それ故に文学であるということが主眼になっているらしい。これに対して批評の目的は、これも彼によれば、作品の解明と読者の趣味の是正にあり、そうした目的は批評家が書く批評そのものの外にあるというのである。それに就て第一に疑問になるのは例えば、小説家にとって自分が現に書いている小説そのもの以外にそれを書く目的がないのかということで、小説家は自分が書いているものを何よりも先ず小説と考えるのかということが次に続く。

その後の方は暫く置くとして、馬琴は孔孟の道を世の男女に教える積りで「南総里見八犬伝」を書いた。これはエリオットに言わせれば、馬琴が文学の本質に就て何も知らなかったということになるのだろうが、もう一つ例を挙げるとミルトンは神の正義の人間に対する証しをする為に「失楽園」を書いた。これもミルトンは文学の本質に就て何も知らなかったで片付けられないことはない。併しこの二つの例に就て無視することが出来ないのは、もし文学の本質を知っているものはそういうことはしないということでこの二人からその銘々の目的を取り上げたならば「南総里見八犬伝」も「失楽園」も書かれなかったということで、これはエリオットにとっては一向に構わないことに違いなくても、それならば彼自身は全く一篇の詩を書くという目的だけで「荒地」を、又、「四つの四重奏」を書いたのだろうか。その一篇の詩とは何なのだろうか。もしそれがただ頭に浮ぶままのことを並べて行くことならばヴァレリイはピュトの巫女になるのは恥ずべきことだと言っていて、エリオットの詩の出来栄えから考えて彼がピュトの巫女だったとは思えない。

つまり、エリオットの説を更に要約すれば、何か書きたいことがあって書くのは文学ではなくて、その書き方に一切を集中するのが文学なのだということになる。そしてこれを発展させて行けば純粋詩の理論になる訳であるが、その純粋詩というものがあり得ないのも人間に書き方ばかりに気を取られて書くということは出来ないからである。これは考えて見れば当り前な話であって、色々と書きたいことの例を挙げてその書き方を教える書き方の入門書の場合であっても何か書くことがあっての書き方であり、型ばかりを示す剣術の先生であってもその型は人を切る、或は人に切らせないという、剣というものと直接には関係がないことが前提になってのものであって、剣そのものは美術品にもなる。併しそれがそうなるのはその剣が人が切れるものである時に限られていて、凡てのものはそれ自体がそれを用いて果す目的とそうした形で結び付けられている。

ここでエリオットが文学と芸術を混同しているのではないかという疑いが生じる。もし一人の画家が絵を描いているならばその目的は何かその画家の眼前に、或は頭の中にあるものをその通りに絵で表すことにはなくて、それを絵で表すことさえも材料に使って或る別なものに形を与えることにあるのだと言える。我々は芸術というものはそういうものなのだと教えられて来て、その別なものが芸術の本質ならばそれは美であるかも知れない。その辺の詳しいことは美学を専門にやったものでなければ解らないが、同じことが彫刻、音楽などの、普通に芸術と考えられているものに就ても言えるので、音楽に至ってはその或るものを直接に感じるのでなければ全く意味をなさず、又それ故に一枚の絵もそこにその美その他、我々が認めることになっているものを認めるか、認めないかする以外に何の役に立つものでもない。従って、それは文学であるとエリオットは言いたいのだと思われる。

併し文学はそうは行かない。再び小説の話に戻って、例えばロレンスの「息子と恋人」から我々がどういう印象を受けるかということになると先ずそれは作者なのか誰なのか、一人の人間の何とも形容のしようがない苦渋であって、それが本ものであることを言葉の響きが伝えるので我々はその限りでは感動し、その響きにも増してこの小説では音楽や絵が表すことになっているのと同じものが我々を打つというのは文学を無理にも芸術と見たい為のこじつけに過ぎない。又もしそうでないならば、これよりももっと成功した作品である「チャタレイ夫人の恋人」を性の解放の小説などと称するのはそれが文学であるのを否定することになり、この小説では事実、性の解放が目指されていて、それよりもその作者がこの小説でなし遂げることを願ったのは人間の解放であり、その不思議な温かさが我々を打つ。確かに春が来てチャタレイ夫人が森の中に入って行く所は美しいが、その美しさはこの人間的な温かさの属性であって、それを表す為にロレンスがこの小説を書いたのではないし、更に重要なことに、それは我々が求めているものでもない。

美の追究に言葉というものは不向きである。それは言葉には意味があり、意味も言葉の一部をなしているからで、意味だけが言葉ではないが、言葉が働く時に意味も働くのを止めようとすれば言葉が不具になる。その結果が純粋詩を通り越してダダの詩になり、それならば小説家、劇作家、或は詩人がダダの詩を書くのが文学の仕事をすることなのかという所まで話が来る。その答は解り切っていても、そこの所をもう少し説明しなければならなくて、言葉が働く時にその意味も働くというのは言葉がその言葉らしい働きをすればする程その意味もその言葉全体とともに生きることになるということで、その具体的な印象から我々は言葉というのがそれが指すものなのだと考えることを免れず、これは言葉の意味が言葉の全部なのだと思っているものが多いことでも解る。それ故に我々が言葉を受け取るのではなくて使う時も同じで、我々は自分が言いたいことが何であるかを知る為に言葉を探し、それを得てそれが指すものがはっきりする。何も言いたくなくて、我々はどのような場合にも言葉を使うことは出来ないのである。

詩と散文の区別ということならば言葉全体とその意味の比率ということで多少の根拠を見出すことになるが、そういう言葉そのものの問題を離れる時、我々には詩、劇、及び小説を一括して何かを人に伝える為に言葉を使う場合の便宜上の分類と見ることが許される。それは人が認めてくれるのを待つのではなくて積極的に人に向って語るのであり、その成否に作品の出来栄えが掛っていて、それ故に所謂、芸術が孤独な呟き、或は嘆声であるのと違って文学は対話であるとも言える。これは一つには所謂、芸術の材料が物質であって、それだけその効果が確実である時、文学の仕事で用いられるものが言葉であることから来ているのかも知れなくて、自分以外のものを相手に自分の言葉の効果を験す為にも文学の仕事には是非とも読者がなくてはならず、作者と呼ぶに足る作者で読者がないものの孤独はこの頃はこと毎に持ち出される孤独などというものではない。

必ずしもロレンスがチャタレイ夫婦とメラアスの話がしたくて小説を書いたとは限らない。その点がトリスタンとイゾルデ、或はオォカッサンとニコレットの物語の作者達と違っていても、彼がそういう作者達が一つの面白い物語を伝える時と同じ望みをその小説の登場人物を通して、人間というものがどうあるべきであると彼が考えているかを示すのに掛けたことは確かであり、その熱意がその人物達を生かしている。又それならばロレンスが目指したのも一種の勧善懲悪ではないかということよりも、ここではロレンス、或はそういう中世紀の物語の作者達が何か人に伝えたいことがあって書き、その結果である小説、或は物語の形式それ自体が凡てであるなどとは考えていなかったことに注意すべきで、その形式は自分が目指すことを実現する手段だった。そういうことに掛けてはロレンスも十九世紀の、どういうことにも増して芸術を有難く思い、どんなことにも芸術を持ち込む考え方に縛られない中世紀の、或は二十世紀の人間だった。

詩と散文の区別はあっても、言葉が言葉で言うことにははっきり優先する詩の場合でも詩を書くということが詩人にとっての凡てであるということはあり得ない。ヴァレリイが「海辺の墓地」を書く時に一行十音節の韻律を得て、その六行を一節に組んで一行十二音節のフランスでは伝統的な韻律に近づけることが出来た後もまだ困っていたのは純粋に韻律の問題だけで詩を書く訳には行かないからであり、この詩の主題が決るまでにはまだ経緯があった。それから先は言葉がものを言うことになるというのは詩人が主題に意欲を持ち始めることでもあって、詩人の方で何か言おうと思うのでなければ言葉に抵抗するものがない。エリオットにした所で近代人の心の荒地、或は空白が歌いたかったのである筈で、そういうものがなくて詩の切々しさなどというものが生じることは考えられず、更に詩の達人ならば言葉の抵抗に言葉というものを感じながらその言葉で自分が言いたいことを言うのに苦労はしないのである。

シェイクスピアがその典型である。彼はその十四行詩でも思うままに自分の恋人を讃美し、或は罵倒し、或は何れも彼の恋人だった一人の男と一人の女が一緒になって彼を裏切った苦みの地獄絵を描きながら、我々がそれをその通りに受け取るのも言葉がそう響くからであって、その上に何れの詩でも余りに緊密に言葉がその詩をなしているのでそれが地獄絵を描いているのであってもそのように優雅な世界がそれ程の苦渋を表しているのに驚く。シェイクスピアの作品集の初版でその編輯に当ったヘミングとコンデルがシェイクスピアの原稿には消しがなかったと序文で言っているのに就て、ルガウイは消しがなかったのはシェイクスピアが自分が書いたものを直さなかったことにはならず、作品集の原稿は清書したものかも知れないという意見であるが、モツァルトの作曲の仕方を思わせるシェイクスピアの十四行詩の奔放と完璧の結合は彼が直さないで書いたということを少しも不思議ではなくしている。

その場合に彼の目的が美しい詩、或は兎に角、詩を書くことにあったのだろうかということは彼の劇作品を見るに至って疑問を通り越して否定になる。彼自身ハムレットに、芝居というのは自然にその姿を映す鏡を与えることだと言わせていて、その前後の言葉から察すれば、これが当時の観衆の一部をなしていた教養人達を喜ばす為のお座なりとは思えず、それよりも我々が考えていいのは彼が劇はそれ自体がその目的であるものであって、それ故にそれは文学であるなどとハムレットに言わせていないことである。そのことに就て、これはシェイクスピアがエリオットよりも古い時代の人間であるからだともし解釈したいならば、エリオットはその「伝統と個人的な才能」で我々は古い時代に就てその時代の人間よりも多くのことを知っているのではないかという反駁を仮定し、その通りであって、我々がその時代に就て知っていることがその時代であり、その時代の人間なのだと明快に答えている。

もしシェイクスピアが芝居が何であるかに就て思い違いをしていたと我々が考えるに至るならば我々は考え直さなければならない。又それをするよりもシェイクスピアが書いたもの自体を見た方が近道で、その作品を頭の中で並べて行けば行く程鏡に自然の姿を映すというのが丁度彼がその作品でしていることなのだという感じがして来る。ここで言う自然というのは勿論、人間も含めて人間の世界にある何もかものことで、恐らくシェイクスピアはそれが許す組み合せが余りにも多くて変化に富むことに情熱を覚えたに違いない。ロメオとジュリエットというような単純な恋愛の話を芝居に直すにもそこにジュリエットの姿や、或はロメオの友達の誰彼が現れて忽ち二人の恋人の世界に生気と奥行きを与えた。或は例えば、彼にはリヤの世界が見えていた。これだけの人間が入り乱れ、その精神の動きが絡み合うならば小説だの、叙事詩だのという手段を用いてその経緯を語るのでは廻りくどくて、舞台に生身の役者を登場させて行動し、何かと語らせるのでなければ事態が収拾出来なかった。リヤの世界は劇の形式を取る他なかったのである。

大体アリストテレス、或はエリオットが何と言ったのだろうと、劇というものはというものはない。ただもし或る程度以上に色々な人間の幻影が自分のうちで犇き合い、それがその各自の姿をして互に交渉するならばその劇を見る自分の他に芝居の観衆がそれを見てもいいではないかという、そういう劇の書き方もあるということはあり、又一つの人間的な事情に接する毎に自分のうちでそうして幾多の人間が犇き出す人間もいる訳で、その一人がシェイクスピアだった。それ故に彼にとっては取るに足らないような材料でも芝居になって、芝居は彼がこうして際限なく呼び寄せることが出来る人間の群に観衆も親ませる手段であるとともに、この群によって人生の深淵、或は高み、或は平凡な日常を観衆の眼の前まで持って来るのに恰好な場所でもあった。バルザックがどの位の人間を作って文学の世界に残したか知らないが、又仮にその「人間喜劇」に収められた作品の数がシェイクスピアの作品よりも多いということがあってもシェイクスピアは人間を作るよりも呼び出すという感じで、彼の作品に登場するもののどれもがその銘々の個性を持って生きている。

シェイクスピアがあれだけ色々なことに就て何かと言っているのにそれを集めて一つの哲学の体系をなすことは出来ないなどということを指摘するのは愚劣である。その哲学は別な文学の形式に属していて、哲学もそれ自体がその目的になれば文学ではなくなるだろうが、一つの体系をなすというのは哲学という形式に必要な条件であってシェイクスピアは自分を訪れる、或は自分の精神のうちに住む人間の群の中で人生その他に就て語る状況にあるものが出て来れば、そのものにそれをさせるのが目的だった。それによって彼自身が人生その他に就て教えられることも、人間というものに就て知ることもなかったということは勿論ないし、この場合、彼がそうして知ったことと人間その他に就て直接に知ったことを区別するのは意味がない。これは彼自身のうちにあって彼が惜みなく芝居の舞台に載せて行った世界が人生と地続きだったことでもあり、それが一つになったものは彼が仕事をする毎にその仕事の面からも、人生の面からも拡って、その挙句に彼は神と対峙することになった。

シェイクスピアのように自分が仕事の上で望むことが形式、或は技術に掛けても完璧であるという結果を来す種類の作者は劇というものはということを表に出さなければいられないエリオット風の批評で取り上げるのに都合がいい。その作品のどれかが大概の議論の立場からして完璧で、そういう作品で完璧であることと以外の一切はそこにあっても構わない付け足しであると釈明出来るし、それで完璧であることになる作品があれば、どれでも他のものは出来損いだと言えるからである。併しそうした偏見は別としてシェイクスピアの傑作、例えば「ハムレット」とか、「リヤ王」とか、或は「十二夜」とかの魅力というものに就て考えるならば劇というのはどう書くべきものかというようなことは既に役に立たなくて、結局、我々はこういう作品で我々がその通りと認めることがどの位あるかを数えることになり、こうしてそれが最後には認識の問題になる。

「十二夜」の初めに出て来る四行ばかりはジイドの、「狭き門」でも引用されているが、これが我々を惹くのはこの詩句が音楽にも我々人間は飽きることがあるという真実を、その音楽を聞く思いをさせて我々に語っているからで、その他にこれがこの喜劇の初めにあることが技術的に間然する所がないということは、この何行かが一行短長五歩格、無脚韻の詩形式に適っているということと同様に、殆どこの詩句の魅力からすれば当然のことだと考えたくなる。又もしその魅力がなければ一つの芝居の始り方が技術的な要求にどの程度に答えているかという種類のことが我々にとって全く問題にならないことは確かであって、所謂、専門家の立場を離れてシェイクスピアとともにその芝居を見るならばそうならざるを得ない。シェイクスピアは劇作法の専門家だっただろうか。もしそれがその骨の髄までのことだったならば彼のような作品は書けなかったので、文学に専門家というものはない。

或は、エリオットには出来損いとしか思えなかった「ハムレット」でも我々を最も動かすものはこの作品が次々に何かの真実の姿を見せて行くということである。レアティイズが父親を殺された恨みに国王を殺そうとするのも真実で、そこにそれまでの真面目腐ったレアティイズはいなくなり、我々はそれを予期していなくて、その時になってそうでなければならないことを認める。それに比べればオフェリアが可憐だったり、ハムレットが優柔不断で知識人らしい所がよかったりするのは後世が鑑賞用に考え出した伝説に過ぎない。オフェリアが死んでから最も生きるのもこの女に即して真実であり、ハムレットの魅力もこの男が行動人であるとか、知識人であるとかいう中途半端なものでない所にあって、この芝居でも、これ以上に真実な瞬間はないと思われる時にいつも劇が高潮する。つまり、それが一致しているので、これは劇作法の問題ではない。

エリオットはシェイクスピアが「ハムレット」で自分にも解らないことに就て書こうとしたと言っているが、自分に解っていることに就て書くべきだというのも可笑しな説で、我々は書くことでその書いていることに就て解って来るのでなければならない筈であり、自分に既に解っていることを書いて何になるのか。そういうのは自他ともにとって退屈極まる話であって、大学の先生は自分が既に知っていることで講義の原稿を作り、それを読んで聞かされる学生はその通りに退屈する。何か解らないことがあって、それに就て言葉が探し出されるに従ってその輪郭がはっきりして来るのであり、そういう言葉は生きていて人も惹き付ける力がある。それならば、「リヤ王」のような作品の烈しさはそこで扱われていることがその作者に、これを書き始めた時にはどの位摑み難いものだったかということを感じさせて、リヤ王という一人の人間を描くことなどシェイクスピアにとっては既に技術に過ぎず、リヤ王が取り組んでいる問題がリヤ王であって、それはシェイクスピア自身の問題でもあり、彼はそれを追って神と向き合う所まで行っている。

それは哲学者、或は宗教家がやることでとエリオットは言いたいのかも知れない。或る形式に属する言葉はその形式に特有の目的にしか使ってはならないというのは言葉、従って又、文学の息の根を止めることで、それで日本で私小説を書くものは小説は本当にあったことの中でもなるべくどうでもいいことを扱うものと考え、エリオットは批評の目的は作品の解明と読者の趣味の是正にあると決める。これはエリオットがそう言っているので、それで話が漸く批評のことに戻るのであるが、批評をそういう他人の作品や趣味に口を出す仕事と決めたのは勿論エリオットが最初ではなくて、日本で批評というものに就て現に行われている見方は殆ど全面的にその種類のものであり、ヨオロッパでも、批評がもう少ししっかりしていれば、もっと文学も立派になるのにという、日本語で書いてもよさそうな説をなすものが昔からあった。それで、その根拠になるようなことが本当にあるものかどうかということから先ず始めなければならない。

批評が盛な時代の批評が立派であるということは確かに言える。例えば英国の十八世紀であって、この時代は批評、或は多分に批評的な性質の仕事をしたものの名前とその作品が直ぐに頭に浮び、それがジョンソンの批評、ギボンの歴史、或はヒュウムの哲学であるが、その為にそれ以外の文学全体が栄えたということはないようであって、この時代の文学が批評、或は批評的な性質のものなのである。これはエリオットも愛好する時代であって、彼はジョンソンを第一級の批評家と認め、詩人のポオプやドライデンに讃辞を惜まない。併しポオプやドライデンは彼がそうした態度を取ったので一時的な復活を見たのであっても、そういう鑑賞の手引き風のことを離れて実地にその作品を読むならば何れも英国の文学の正統を基準にして言って二流の詩人であることを免れず、この時代の詩や劇はエリザベス時代との対照ということもあって我々が飛ばしても読書の上で大して損をすることはない。又この時代に英国で小説という形式が創始されたのではないまでも、人目を惹く程度に発達したが、当時はまだ新しかったこの形式は文学、或は少くとも批評の圏外にあった。

或は更に遡って、ギリシャ文明の末期に当るアレクサンドリア時代にギリシャの批評が完成し、そしてそれ以外の文学ではこの時代は金羊毛の伝説を扱った叙事詩が一篇と、抒情詩に多少見るべきものがあるのに止る。併しながら、こういう例は批評が盛であることが必ずしも他の形式に属する文学も優れていることにならないことを示すものに過ぎなくて、それよりも批評も、他の形式の文学も盛である時代に就て見た方が批評とそれ以外の文学の関係がはっきりし、それには都合がいいことにフランスの近代文学がある。これは詩人、批評家、小説家などで一流の人達の名前を幾らでも挙げることが出来て、それならば批評家のジイド、ヴァレリイ、アラン、ティボオデなどが詩人や小説家に影響を及ぼしてそれでフランスの近代文学が成立したのかと言うと、そのような事情は全く認められない。プルウストは「失われた時を求めて」の原稿を当時、N・R・F誌の編輯をしていたジイドの所に送って、ジイドはこれを読もうともしないで送り返し、その第一巻が本になって出てから読んで驚き、この小説の続きをN・R・F社にくれるようにと自分の不明を詫びる手紙をプルウストに宛てて書いている。

ラディゲは「ドルジェル伯の舞踏会」の序文でヴァレリイの言葉を引用しているが、ヴァレリイ自身は小説というものを認めず、そのプルウスト論でも重点はプルウストのことよりも寧ろ自分が小説というものをどう思うかということに置かれている。或はアランも、ティボオデも長年に亙って雑誌に毎月、言わば時評風のものを書いてはいても、それは時評の形を取ることもある各自の自由な批評であって、日本の文芸時評などというものとは凡そ違ったものがそこに見られる。或はその辺の事情が一番はっきりするのはヴァレリイかも知れなくて、彼は一流の批評家であり、優れた詩人でもあって、その彼の詩と批評を読み比べるならば何れも書く方法が違っているだけの、本式の考えに従えば、創作であることが解り、彼が批評で述べた詩の理論を詩を書くことで実行に移しているというようなことはなくて、彼の重要な批評で詩を扱っているものなど一つもない。

このことから次のこういう問題が生じる。確かに或る一時代の文学で、言わば、指導的な役割を演じる批評家というものはあり得るので、その例も幾つかあり、そういうのはエリオットが望んだ通りに作品の解明にも、読者の趣味の是正にも大きく寄与するのであるが、そうした功利的な効果は別とすればその種類の批評家、或はその批評家がその面でした仕事というものはそれが重きをなした時代とともに消える、そういう訳なのだからそれで構わないが、それならば何も批評など書かなくてもいいではないかとここでは言いたいので、今の時代にどういうことが必要かなどということは頭の中で言葉を探すだけで大概のものに見当が付く。ただそうした仕事を殊の外に適切に、或は時代に敏感にやった批評家というものはあって、それが日本では例えば高山樗牛、或は島村抱月であり、英国でその方面で目覚しく活躍したのがエリオット自身である。

彼の「伝統と個人的な才能」は伝統というものが無視されていた時代に、伝統を無視してもしなくてもそれはそこにあるもので、それなくしては文学などあり得ないことを指摘したものであり、これが当時の人々に清新に感じられたことは今日でも想像出来るが、伝統に就ての幾つかの正確な表現を除いては、これを読んで我々に訴えて来るものは既にない。彼が

「批評の仕事」で言っていることもそれが当時の、高尚に思われるお座なりを並べたものが批評で通る風潮に反対してのことであると考えるならば頷けないことはなくて、彼は更に所謂、形而上学派の詩人達を英国の文学の正統に戻し、これは詩で読者が頭を使うことを好まなかった時代の人々にこの一派が受け入れられないでいたからだった。併し伝統は無視してもそこにあることが解り、批評がお座なりではなくなり、形而上学派の詩人達の位置も確立した現在ではその結果を来す為の仕事が色褪せることは止むを得ないとともに、そのような意図からでなくて書かれたエリオットのダンテ論はやはり光っている。

或はそういう言わば、時局的な仕事をした日本の批評家の一人に小林秀雄氏を挙げたいものがいるかも知れない。確かに氏はその種類の仕事をすることで文学界に登場した人であるが、それが文学史の上でこれから先どれだけ高く評価されることになっても氏の本格的な批評はその仕事が終った後、正確には「無常という事」から始っていて、「モオツァルト」がそれに続いて書かれた。批評というのは何かと言えば、これも言葉を使って人に伝えたいことを伝える文学の一つの形式であって、その心構えは初めから小林氏にもあり、それがなくては時局的な批評の仕事も有効には出来なくて、従って又、それはエリオットにもあり、ただ彼の場合はその発展が批評ではなくてもともと彼の本領だった詩に向ったようである。当然、彼の批評に見られる欠陥はその後期の詩にも認められて、「四つの四重奏」で決定的なことは彼がそこで神と相対する所まで行っていないことである。

ここでもう一度、批評が他人の作品がなくては出来ない仕事かということに就て考えることにする。その昔、日本でピアノが歌の伴奏をする為のものと思われていた時代に或るピアニストに誰が歌うのかと聞いたものがあったそうである。つまり、それがその頃の音楽層というものだったので、これと同じ理窟で批評は他人の作品に就てするものと決めるのを何と形容したものか解らない。例えば小説は恋愛がなくては成立しないものではなくて恋愛なしのものも少くないが、恋愛を扱ったものも多い。我々が何かを批評するというのはその対象に就て考えるということで、それが他人の作品である場合が多いのはこれは当の批評家の意志によってであるよりも他人の作品に対する一般の好奇心がその満足を批評家に求める結果になるからに違いない。ヴァレリイが地中海を批評してその性格にヨオロッパの文明の発端を見たのは彼の位置が確定して好きなことが書けるようになってからのことで、彼の批評家としての首途（かどで）に書いた「ダ・ヴィンチ方法論序説」も人の注文によるものだった。

併しそれで批評家が困ることはないので、ヴァレリイもそのダ・ヴィンチ論でモナ・リザの微笑がどうのこうのなどとは言わず、ダ・ヴィンチ論の形を借りてダ・ヴィンチの精神の構造自体を、又その精神の対象になった一切を、つまり、人間の精神活動というものそのものと取り組んでこの名篇を書き上げている。今日の日本は小説でなければ夜も明けない状態にあるから小説をここで引き合いに出すならば、一人の男と女が愛し合うとかいうことをすることが語られているのに対してそれとは別に、一箇の精神がその周囲にあるものに眼を向け、鈴懸けの木の枝は普通の身長がある一人の男の顔まで落ちて来て、薔薇の木の一番高い所にある花はその男の口まで届くことを認め、更にその精神がその男の皮膚で蔽われた骨が男が歩き廻るのに連れて動くのを、又その男が先ず足の踵を地面に降し、次に爪先が土に着くのを見守るということが描かれているとして、その二つとも紛れもない現実と我々に思われる時に何れがより以上に文学であるかということを考えてもいい。

勿論その片方が片方に増して文学であるということはない訳で、一切はその何れもが我々に現実と受け取れるということに掛っている。丁度小説で人間とか、景色とかを描いて、それが人間や景色の形をして我々の眼に映らなければその為に使った言葉が無駄になるのと同様に批評でもそこで描かれていることが現実として我々に受け取れるのでなければ如何に理窟の上で尤もらしいことが並べられても批評の体をなさないのは小説で粗雑な言葉遣いの埋め合せをするのに人生観とか、世界観とかいうものを持って来ても役に立たないのと少しも変ることはない。この場合、小説と批評を余り区別して考えるのは話を不必要にややこしくするばかりで、言葉で描くというのは言葉を使っての単一の行為なのであるから小説だろうと他のものだろうと、言葉の効果に違いがあることは許されなくて批評で海のことを書けば海がそこになくてはならないのである。

併し観念は実在しないのだからという種類の見方を我々がいつまでもしてはいられない。それが実在するかしないかという一般論は問題ではないのであって、このことをもっと具体的に言うならば、或る観念が我々にとって現実にそこにあるものでないならば我々にその観念を扱うことは出来ないのである。或はその為に使う言葉は符牒に過ぎず、理性というものがあるのかどうか解らないが、ヒュウムにとってこれは実在するものだったのであり、それが彼にこの理性を頼りに精神の領域で前人未踏の地に分け入ることを許して、彼はその驚きを美しい言葉で書き残している。ヒュウムがした仕事が哲学であるならば哲学も文学の一つの形式であり、問題は文学であって、批評でだけは符牒を並べることが文学を語り、詩を論じることになるということはない。その錯覚が批評で通る場合が多過ぎることは認めるが、批評で詩と言う時にそこに詩があるのでなければならないのは恋愛がただのそういう符牒でしかない小説が恋愛小説ではないのと同じである。

或は、凡ては文学の堕落ということに帰せられるのかも知れない。この頃は小説でも理窟の上で考えて人目を惹きそうな事件に思われるものをざっと言葉に直せばそれが小説になって人目を惹くという態度で書かれ、兎に角文学とか、小説とか、分析とかいう言葉が出て来れば批評で序でに、言葉をいい加減に短い行に区切って書いたものが詩になる。併し文学の堕落などというのは文学上の問題にならない。それで話を文学に又、批評に戻して、ここで親密ということを出したらどうだろうかと思う。何かが我々に生きて感じられるというその性格を指すのに親密というのが最も適当のようで、それが我々にとって親密であるから我々の精神に滲透し、我々はそのことに注意を向けないではいられなくなって、これは我々が言葉を使って書くのにも、読んでそれを受け取るのにも通用する。この働きを言葉がすればその言葉は生きていて、もししなければ親密の感じは消えて言葉は符牒になる。

ジョンソンにとってシェイクスピア、或はその作品の言葉は何よりも現実に、親密にそこにあるものだったので、更にその言葉を否定する三一致の法則というものもジョンソンの時代にはそういう一つの現実を否定するだけの力を持ったものだったからこれも一つの現実であり、それ故に彼には何れも言葉になし得るものであって、彼はシェイクスピアの現実に執着して三一致の法則の方を破壊しに掛った。彼のシェイクスピア論の魅力はそこにあって、彼の言葉はシェイクスピアの作品、或はシェイクスピアというものにその彼の言葉で形を取らせ、これに対して三一致の法則もそこにあり、我々が今日、三一致の法則ということを余り聞かないのは少しも構わなくてそれは、或はジョンソンが反駁している三一致の法則は我々が読む彼の言葉にあり、彼はそれに向って行って、我々は城壁が攻城軍に具体的に崩されるのを見る思いをする。又事実彼はそれをしていて、ヨオロッパが始って以来、学界と文学界を支配して彼の時代に至った説に打撃を与えている自分に対して殆どヒュウムがその理性論で言っていることの引き写しに近い驚きの言葉を発している。

三一致の法則、或はそのもとになったものが別な現実の形を取るのが見たければアリストテレスの詩論を読めばいい。これも批評であるが、分類の上では批評ではない一つの例をここで挙げるならば、デカルトの「方法叙説」も自分にとって親密な問題を取り上げてそのことが我々にも伝わる言葉で語って行く名文であり、それをこの頃風に、解り易く書くなどと言い換える必要はなくて、自分にとって大事な問題を自分に納得出来る形で扱う為の努力がそういう言葉を生み、「方法叙説」では一箇の蠟が自分というものが存在する証明に変って行くのを我々はデカルトとともに経験する。こうして観念は肉体を与えられて我々の精神を太らせるのであるが、考えて見れば、観念に肉体を与える作業がなされるのではない文学というものがあるだろうか。例えば小説の登場人物というのは架空のものであるか、昔はいて今はないものか、或はそれがその小説を書いている自分であるというのならば、他人にとってはいないも同然のもので、歴史に出て来るのは過去の時代であり、そういうものと観念、存在とか、三一致の法則とか、理性とかの観念とどう違うのだろうか。つまり、そういうものは観念ではないのだろうか。

それ故に批評と文学の他の形式に属するものの区別が付かなくなることがよくあって、フイツィンハの「中世紀の衰退」とか、石川淳氏の「諸国畸人伝」とか、或は既に挙げたヒュウムやデカルトの作品とかを読む時、我々はそれを第一級の批評と称してはならないのかと考える。もしそうしてはならない理由があるならばそれは分類、又その分類の基準になっている仕事の目的の問題であって、過去のことを扱うのが歴史、その対象が個人であれば伝記、もしその目的が観念の性質の分析にあれば哲学という風なことになっている。それならばこれはそれぞれ過去、過去の人物、及び観念というものの性質の批評であって、小説だけは如何に優れたものであっても批評を読んでいる感じがしないのはその特殊な約束の為に小説では読者に自分が人間の日常的な世界にいるのを忘れさせることが許されていないからであり、小説で肉体を与えられているのも観念であってもその観念は初めからそれが観念ではないという看板を掲げることを強いられている。

それでは批評自体というのはどういうものだろうか。何かと取り組んで、それに対する自分の態度を決めるに至る言葉の作業が批評である。従ってここでも仕事の目的、或は分野で決める他なくて、文学に対する批評が普通、批評と呼ばれているのであるが、それならば例えば保田與重郎氏の「日本の橋」はどうなるのか。又ヴァレリイの重要な作品で文学のことを扱ったものは一つもないことは既に言った。結局、批評というのはものを書く場合の基本的な態度、或は形式であって、それに徹し切れないのが小説であり、他人の作品に対する批評が批評であることになっているのは殊に今日の日本で著しい例外的な現象で、その批評は文芸時評と書評の二つに分れ、はっきり言って、それを読むものはそこで取り上げられている作品の作者に殆ど限られている。尤もワイルドは批評家ならば下らない小説の書評の形でも作品が書ける筈だと言っていて、サント・ブウヴの「月曜にする話」も時評として書かれた。

そして文学が対象の批評に就て考えられることは、言葉を使うのに必要なその材料も言葉だということであって、これもワイルドの表現を借りれば、それは既に洗練されたものに更に洗練を加えることであり、そうすることがどのような効果を収めることがあるかを思えばそれこそ批評だという気がしないこともない。その意味で昔の支那の学者達は何れも批評家だったのであり、古人曰クとか、我聞クとか言う時に彼等はその仕事をしている。支那で小説が軽蔑されたのは単に巷説稗史を扱うのは士大夫がすることではないという習慣上の制約からだけではなくて、小説と比べてこういう批評の方が遥かに魅力がある為ではなかったかということが考えられる。そうした批評は妙音を更に妙音に聞えさせるもので、支那で思想家と呼ばれる人々がそれよりも批評家という印象を与えるのも彼等が思索することを批評することとはっきり認めていた結果であり、彼等の仕事の分野が確定していないのを幸、老子も、論語も、韓非子も、淮南子も批評の古典に数えることが許される。

併し話の範囲を余り拡げてしまってはならない。これは批評が他人の作品や趣味に口を出すのが目的のものかということで書き始めた筈だった。その問題は既に考える必要がないが、我々が惹かれる文章というものの多くが、それが所謂、批評ではなくても、批評の魅力で我々を惹くのだということには触れて置いていいかも知れない。曾てE・M・フォオスタアが「創造者と批評家」という題で、それが示す通り、小説家の立場からそうした問題に就て講演した時、マシウ・アァノルドが最高の詩は人生の批評でなければならないと言ったのを取り上げて、アァノルド自身の劇詩、「エトナのエンペドクレス」で主人公のエンペドクレスが自殺を胸に描くまでに思い悩んでいる最中にその従者のカリクレスという少年が、そこから遠い所にある温かな湾にアドリア海の波が砕け、その浜辺に散々不幸な目に会った果てに神々に憐まれて二四の年取った大蛇に変えられたカドモスとその妻が今は何もかも忘れて眠っていると歌う一節を挙げ、これがそういう批評だろうかという意見を述べたことがあった。

批評するというのは或ることに対して自分の態度を決めることであり、それには考えられる限りの条件に注意を向けなければならなくて、不滅などの問題に気を取られて遠いアドリア海の湾に平穏に暮す大蛇の老夫婦がいるということもあるのが念頭になくなったエンペドクレスは確かにカリクレスに批評されている。又そのこと、或はそのことを我々も認めることがカリクレスの歌を一層美しくし、それを認めるのが批評の喜びでもある。或は「イリアス」で、パトロクロスを殺された恨みを晴らしにアキレスが向って来るのを見たヘクトルの心情を、今は若い男と女が谷間の木蔭で会っている時ではないと作者が歌っているのも同じ種類の効果を収め、これはその対照でヘクトルの苦境がそれだけひどいものに思われて来るのではなくて、戦場を離れればそういう谷間もあるというのがトロヤ戦争の世界に対する批評になり、それがこの世界を揺ぎないものにしている。

　或は島木健作の「再建」で、そこに出て来る人物の一人が刑務所にいてその仲間がそこで死に、その遺骸が焼かれる煙をこの人物が眺めていてそれを爽かなものに思う所がある。これはこの人物がそういう感慨に耽ったということなのだろうか。それならばこれはその人物の勝手であって、我々までがそれに動かされることはない。「再建」を読むならば、そうして煙が爽かなものに思われたということがその人物の仲間とその一生に対する批評であることが解って、その時、我々の眼にもその煙が昇って行くのが映る。そうすると、最後に、我々が創作とか、創造とか言っているのは何なのかという問題が残る。それが天地創造というような意味でない限り、創造するというのは発見することであり、批評しないで発見することは出来ない。それは嘘八百を並べることではない筈である。

近代と頽廃

火が燃え尽きようとする前に一度それまでにも増して燃え上るのと同じ火が盛に燃えている時と、それが何れも火が燃えているのである点でどう違うか、その何れかの場合、火は燃えていても熱を出さないとか光を放たないとかいうことがあるか、或はその熱や光に何か異質のものが認められるかということは自明でありながら誤解され勝ちである。例えば、もし数を表す際の兆という字を正当に用いてその本来の十億という意味に取るならば、今から何千兆年か先には燃え尽き掛けている太陽がその内部の化学上の変化でそれまでにも増して光と熱を放出し、火は火で熱は熱であるからこれを受けた地球に住む人類は核兵器というような小細工を弄せずに亡びる。この消え掛けていても火は火なのだということが近代というものに就て考えるのに重宝な手掛りを与えてくれる。

曾ては近代という言葉を普通に使ったのに対してこの頃は現代と言う方が多くなっているにも拘らず、その近代と現代の違い、或は寧ろ近代ということ自体の意味が殊に日本では余りはっきりしていない。併し近代という一つの時代はあったので、我々も朧げながらそのことに即して例えばマラルメを近代詩人と呼び、マティスの絵を近代絵画と考えて、ただ今日の人間のことを近代人と言う代りに大概はそれが現代人になっているのに就てはその根拠を求めるという程のことは行われていないようである。ここではその近代をヨオロッパの産物という建前で扱わなければならない。それは一つにはそうすれば近代がヨオロッパに、或はそれがヨオロッパで発生した十九世紀に特有のものでないことが自然に解って来るからであるが、一つにはこれは我々がヨオロッパの近代とその発生を、少くとも他の場合と比べて眼近に見ているからである。それと太陽が燃え尽きるのとどういう関係があるかと言うと、この近代も一つの終焉だった。

自然というものには秩序がなくて、人間が最初に何か人間らしい仕事をしたのは自然界にないこの秩序というものを求めてだったと考えられる。今でもそうだろうが、例えば自然の方は太陽が熱を発するということ一つを取って見ても、そこでそれを支配する核融合その他の法則に従ってどんなに無茶苦茶なことが行われているかは秩序を求める我々人間の想像を越えるものがあるに違いない。それでも何かの法則に従っているのだから秩序があると考えるのは幼稚で、そういうことならば荒れ狂う海も火事も地震も戦争もそこで行われることの一つ一つが或る一つの、或は幾つかの法則に厳密に従っているのであり、我々はそれでもそこに秩序のようなものを認めることが出来ない。その秩序はもっと法則というものの性質を見極めた上で各法則を配合して得た均衡でなければならなくて、ここまで来ると太陽が燃え尽き掛けた時だけ近代と繋りがあるのではないことが明かになる。

法則というものを考え出してその観念をはっきりさせたのはヨオロッパであるとは言い切れなくても、この観念の効力を知ってその開拓に専心し、法則に従うのを論理そのものと心得ることを始めたのはヨオロッパである。ヴァレリイの指摘をここで用いてギリシャの幾何学と、それから先は手っ取り早く言ってロオマの法律とユダヤの一神教の三つを考えても、これは何れも或る場所で本当のことはどこに持って行っても本当だという法則というものの性格を備えていて幾らでもそれが有効である範囲を拡げることが出来るものであるが、幾何学と法律と宗教、或は一神教の間に初めから予定されていた一つの関係があった訳ではないのみならず、法則というものの性質からしてこの三つは何れも独立して存在する筈のものであり、又そうでなければならないものなのである。これを秩序の面から見ると、この三つはその各範囲内での秩序は完成して行っても全体の秩序を考えるということをするものではなくて、そうする必要もなかった。

それがなかったのは、或る範囲内で本当のことが別な範囲内で本当のことと矛盾する筈がないという法則というものに対する信念によるもので、これが長い間ヨオロッパの、或はヨオロッパ精神の秩序を保って行く上で有効に働いていたと言える。或はここで一神教を持ち出して、神が作った世界に秩序がある以上その世界のどういう部分を対象に仕事をして行っても全体の秩序が破れる心配はないという信念が長い間ヨオロッパ人を支配していたと見ることも出来るが、ユダヤ風の一神教の神は法則を神の位置まで高めたものであり、それ自体が法則というものに対する信念の一例であるとともにそれの極致でもある。確かにこうして得られる神の観念は素晴しい。この神は普遍的に存在するものであるから火が燃えるという現象を説明するのにフロギストンというものの働きを仮定してこれを実証する仕事に掛っていてもそこに神があり、空気も神のものであるからそれが無数の輝く直線で満されていると考えるのも神の世界の一部を知る為に努力していることになる。

これはヨオロッパ精神が世界に曾てなかったような活動を始めるのを促すことにもなり、又その活動を続けている間、或は少くともこの活動とその結果がヨオロッパというものと同義語になるまではそこに混乱が生じないことを保証した。併し神の観念が薄れてヨオロッパが混乱に陥ったのであるよりは、その各部門での、殆ど人間に許された限りの部門の凡てに亙っての活動が軌道に乗った後は神も全体の秩序も二の次のことになったのだと寧ろ取るべきである。ダ・ヴィンチは人間の体が余りに見事に出来ているので死に際して魂がそれを離れる時には嘆くに違いないと考えた。併しそれはルネッサンスのことで、ダ・ヴィンチの精神のうちでは統一されていた彫刻と解剖学と生理学が更にそれぞれの方向に進んでその何れもが人体という同じ一つのものを通して互に縁があるなどということは忘れられるに至り、例えば彫刻はただ立方体を用いての形というものの追究になった。

こうしてヨオロッパに近代が来た。この混乱を指して近代と言うのである。そしてこの分化と分化したものがそれぞれの方向を目指しての際限がない分散が典型的に行われているのが科学であることは言うまでもないことで、ヨオロッパ精神が活動した結果が色々と挙げられる中でも科学はヨオロッパ的なものであるが、既に分散が完全に行われていて科学の混乱がどの程度のものになっているか科学者にも解らないのが現状であるならば科学の世界では近代がまだ続いている。その科学は自然の働きを忠実に跡付けて行くもので、自然に秩序がないのと同じように科学にもないのはこれ以上にその跡付けが忠実であることをもの語るものはない。併し秩序がない自然に混乱が起るのはそこに人間が現れる時に限られていて、生命というのは秩序を越えてただ溢れることを願い、それを許さない条件に出会ってやがて消えるものであり、人間に科学の仕事が出来るのは少くとも自然の働きを跡付ける上で間違いはないという安心がそこにあるからではないかと思われる。

従って又、もしヨオロッパで混乱に陥ったのが科学だけだったならばこの状態は今日と変りがなくて、科学が混乱するのはそれが科学であるということに過ぎない。ここで科学の世界に起ったことが人間が活動する分野の凡てに見られたとする。これは仮定ではなくて、それが近代の状態であり、科学の世界を離れれば自然はこの通りに働くのだというようなことは意味を失う。それまではまだ何か枠があった。例えば十八世紀のヨオロッパの文学が堂々たるものなのは、そこにはロオマ帝国や、中世紀のロオマ教皇達が夢みた世界国家や、その上に最後の審判などが手本になった何か或る一つの世界の観念が一般に受け入れられていて文学の基準を道徳や、宗教や、或は人間そのものなどの文学以外のものに確信を持って求めることが出来たからだった。それを文学を拘束するものと考えるのは我々までが曾て受けた近代の洗礼を忘れ兼ねているからで、それでいてもし近代の混乱ということが耳新しく聞えるならばその洗礼はその程度のものだったのである。

例えばポオが現れて、文学は文学だけで沢山だと言ったことで近代文学が始る。これは文学と他の世界の間に既に縁が切れていたか、或は文学と地続きの領域が刻々狭められつつあったからで、やがてそれが純粋詩というようなことになるが、ただそれだけしかないのが純粋ということである。これはただそれだけのものにするのも、他に何もないからただそれだけになるのもその結果は同じであって、近代文学で起ったのはその両方だった。併し文学を例に引くのはこういう場合に必ずしも適切ではない。或は兎に角、文学というのはただその一例であって、人間がすることとの凡てでそれまでそのことだけに工夫が重ねられて来た結果、他のこととの縁が切れれば後に残るのはそれだけであり、それだけに就て益々工夫が重ねられて行くことになる。と同時に、そうして得られたものはそれまでに得られたものとともに凡てそこにあり、それぞれの世界、或は領域がどう結び付くものかが解らないままにその心の産物も光を増して我々の注意を惹き、こうして教養が近代人の生活感情も同様になった。

嘗ては近代というものが過去の遺産ばかりで出来ていると思ったことがあった。併し遺産ということには何か死んだもの、従って我々の重荷になるものの意味があり、何が死んでいて何が生きているかを決めるにも少くとも過去と現在を区別する程度の秩序の観念がなければならず、凡ての秩序が失われていれば過去のものを過去のものと見る必要もなくなる。これは秩序の問題を離れ、時代を越えて真実でもあるが、このことが近代のように具体的に我々に迫って来た時代はなかった。ギボンはロオマの廃墟を見てロオマ帝国が崩壊したのが紛れもない事実であるのを感じた。それ程彼の周囲にいた十八世紀のロオマの市民は生きていたに違いないが、もし町で出会う人間を生きていると考える根拠を失うならばエジプトの帝王達の彫刻を美しいと思い、それを現に生きていると感じるのも容易になる。又我々の周囲にあるのはそうした歴史的に過去に属するものばかりでなくて、例えばバレエを見てその踊り子よりもその踊りに生命を認めるということもあった訳である。

ここに近代のもう一つの特徴だった豊富ということが出て来る。全く太陽が燃焼するのを思わせて野放図に人間が生産して来たものがそこら中にあったということもあるが、その一つ一つを生かして受け取るのに無駄なもの、それをそうするには無駄なものを我々が何も背負わされていなかったことも事実である。もし秩序があればそこに基準が生じ、ヴァレリイは極度の豊富は虚無と同じであると言っている。もし秩序があればそこに基準が生じ、それに従って選択し、行動するということから得られる結果は充実であっても豊富、或は極度の豊富ではない。その極度の豊富に取り巻かれて人間は何もしないでいられるだろうか。何をするにもそれに取り掛るのに必要な決め手が容易に見当らない程の豊富というものもあり、そのことからこれと背中合せの関係にある一つの近代的な事情が生じることになって、もう今日では余り聞くこともない倦怠ということは近代人にとって過去が現在を押しのけて輝くのと同じく親しい経験だった。

併し眼前の豊富にどのような秩序も認められなければ人間はそれを作り出さずにはいられない。曾てはそれが人間の世界にあって、それによって人間は人間の形をし、そのことを中心に人間は自分がすべきことを考えることが出来た。併し秩序は各自が求めるもので、それがないというので自分でそれを人間の世界に与える訳に行かない。それがその世界になくなるまでに凡てのそうした秩序は粉微塵になっていたのである。近代に仕事ということが頻りに言われて、一応は近代に属していると見られる日本の私小説の作者達も、これは彼等が私小説の作者だった為に、仕事をするなどという仕事をする以前のことをその小説で書いているのは少くとも自分がする仕事には秩序が与えられて、もしそれが出来なければ人間がした仕事にならないからである。日本で私小説で片付けられているものにこの秩序が見出せると言っているのではない。併しそれを書いた作者達の意図は確かに近代的なものだった。

と同時に、近代での仕事に対する執着には更に切実で人間的な面がある。凡てがばらばらになってその辺にあれば人間は自分の拠りどころになるもの、或は少くとも自分に確かにそこにあると認めることが出来るものが欲しくなり、例えばものを書くということがそれを得る一つの方法になる。それが欲しいなどと書いても始らないが、ポオが示したように、手段が正確であることを期すればそれを用いた結果も自分が意図した通りのものになり、自分が過不及なく言葉で表すことを望んだものがそうするのに困難であるに従って人間はその為に全力を尽すことを強いられて、こうしてその仕事に成功すれば人間は或ることに自分の全部を注ぎ込んだこととの確証を得る。別にそれでその書いたものがいつまでも残るということや、それが人間の世界に秩序を与えるということはなくても、少くともそれはその人間が存在したことの根拠にはなり、更にもしそれがそういう出来栄えのものであるならばそれは或る秩序に緊密に支配された一つの世界をなすもので、従ってその人間はそこに自分の住処があることになる。

それで倦怠とともに完璧なものに対する志向とそういうものを作る必要が生じる。これが退屈凌ぎで片付けられないのは近代の倦怠をただの退屈と見ることが出来ないことに応じてであって、そこには何かが賭けられ、それ以外に人間は自分が存在することの確かな根拠が得られなかったのであるからそこには各自の存在が賭けられていた。或は自分を捨てる代りに自分よりも更に確かなものを作り上げる冷たい意志が凡て近代の仕事にその影を落していて、それでいい訳だったのであり、もし秩序や尺度の観念とともに自分も見失われて一つの世界がそこにあると認められるもの、或はあったことをもの語っている何かの余光が、そしてそれはつまり、どこかの人間がいつか作ったものが自分の生命以上に自分に生き甲斐を感じさせるものになっていたのならば、それを自分も作る他に自分がいる理由はなかった。近代というのは天の恵みによってでなしに努力することで完璧であることを求めた時代である。

まだ頽廃のことは言っていない。ここに極度の豊富と無秩序があってそこから倦怠と完璧なものに対する志向、或は完璧なものだけに対する関心が生れればそれが頽廃である筈であるが、頽廃という言葉が一般に使われている具合、並にそれによって人が受ける印象にはこういう事情が頽廃であることを解り難くしているものがあるように思われる。その反対が健康であるとか健全であるとかいうことになっていて、例えばそれが英国ならば恐らく、十九世紀の大半は健全な時代だったのに対してその末期に頽廃が始ったという風なことになるに違いない。それまでの英国が健全だったかどうか、寧ろそういう健全というようなことを言うならば英国は十八世紀に一つの文明の様式を完成した後、次の十九世紀の大半を英国の歴史の上で曾てなかった沈滞のうちに過したという感じがするが、十九世紀末になってフランスと同様に英国でも近代文学が始ったことは事実である。或はその時代の英国でその派に属する人達が一般のものに不健全という印象を与えたのかも知れない。

そう言えばフランスの近代文学はボオドレエルの詩で始っていて、ボオドレエルもその頃のフランスで少しも健全な人間に思われていなかった。その詩集に「悪の華」などという題を付けるのが既に可笑しかったのである。それで思い当るのであるが、頽廃が不健全であるというのはこういう意味では間違っていなくて、近代というのは既に説明したような性質からして文学その他、凡て人間の精神活動に属することが前面に出て来て人々に真に受けられるのであるよりは、それ以外に人間に真剣に取り組めるものはないと考えられた時代だった。

併し人間に出来ることには更に政治、社会運動、実業、商業などまだ色々ある筈であって、人間の生活に直接に資するのがこういうものである時、文学のように全く精神だけの働きをその上に置くのは原始的に言って順序が逆になっている。又精神がそうして精神だけで自由に活動する境地というものが認められない限り、悪が何かいいものになったりする訳がない。

併しそれならば頽廃はただ文学その他の純然たる精神活動を例えば物質、或は物質として扱えるものだけが精神活動の対象になっている科学、又は多分に物質的な要素が入って来る政治、経済などの活動の上に置く不健全な状態ということだけですむだろうか。寧ろそうせざるを得なくてそこまで追い詰められた状態が頽廃であって、そのことから頽廃の文学、つまり、近代文学は出発している。これからも科学は昔通りに科学であることを続けるに違いない。そして政治には十八世紀的な政治だの、近代的な政治だのというものはなくて、変るのは政治の形態だけであり、これを運営して行く政治活動は人間というのが太古からの人間というものである限り、いつも同じ政治なのである。又その点では文学もそうであって、もしこういう言い方をすることが出来るならば、眼を凝して見るならば古代のギリシャの詩とマラルメの近代詩の間に違いというものは認められない。ただ文学の場合は形態が同時に内容でもあり、精神が取る形態に従って或る時代の文学と別な時代のものの違いが生じる。

そうすると政治は近代でも政治であって、それをやるものは近代人であって政治をやる時にはただの政治家になるか、或は初めからただの政治家であり、何れにしてもその政治上の活動は近代や頽廃ということと没交渉に行われる。その意味で例えばドガとクレマンソオの出会いには尽きない興味がある。ドガは近代人であって近代人らしく政治に就ては政治以前の知識しか持ち合せず、クレマンソオも近代人であるとともに豊かな政治の才能があったから政治をやり、この二人が話が合う筈がなかった。ドガはその古典に対する造詣からも完璧に対する志向からも近代人であり、その精神の活動が渦を巻いていることから来る政治に就ての無智をクレマンソオは憐みの眼で見ている他なかった。併しクレマンソオも政治に頽廃などないことを知っていた。もし人間が余りに近代に浸潤されて近代人として以外に何も出来なくなれば、その人間は頽廃を選ばざるを得なくなる。

ここに頽廃が不健全と見做されるもう一つの原因、或は前に挙げたものの延長が認められる。我々を支配している、或は我々が受け入れている道徳、風俗その他は物質というものを精神と対等に扱うか、或は兎に角何かの形で物質にその場所を与えて成立しているものなので、精神が研ぎ澄されて人間までが物質に見えて来るような状態に達した時、当然その道徳や風俗の受け入れ方も変って来る。リラダンのアクセルの、生きることなんか召使に任せて置けという言葉、或は別な人物の、私は劇場の土間で他の客に挟まれたものも同様に、ただ礼儀を守って生きていたというのをここで思い出してもいい。近代でも生きて行くというのは多分に物質に支えられて物質との交渉に明け暮れしてのことであって、それが精神を苛立たせ、何故生きていなければならないのかと反問したくなることにもなる。これを贅沢と称するのは無用で、各種各様の時代がある中で近代というもの程贅沢な時代はないとともに、人間にとっては人間に精神というものがあるというのが最大な贅沢なのである。

併し精神はこうした事態にも対処しなければならない。それはいつの時代にもそうして来たように精神はどういう事態にも対処しなければならないからで、必要があれば一般の仕来りに逆行し、或はこれを無視するのは精神にとって何でもないことである。近代ではその必要があってそれが極端に行われたかも知れなくて、これが頽廃を常に人に不健全と見做させる最も大きな原因かと思われるが、人間というのは平均してそう時代によって変るものではない。それ故に自分が生きている時代に逆うにしても、従うにしても、その時代というものを敏感に受け留めるものはそういう是非ともしなくてもすむことをしないものと必ず或る程度食い違うことになり、それが少ければ少いだけそれはいい時代なのだと言える。例えば十八世紀の英国、フランスでは人間がそういう風に平均していて、ワルポオルは馬車を降りて道端の行商人と話をすることが出来た。

　ゴオティエが海老にリボンを付けてパリの町を連れて歩いた時、彼のうちに働いていたものは反逆などと言う程のことはない無邪気に人を驚かせたい気持だったと見られて、時代との食い違いが或る所まで行けば反逆などということを考えること自体が無邪気になる。その食い違いを明確に知ってこれを外部に対して調整し、内部で精神が自由に働く世界を確保しなければならない。マラルメは誰に対しても丁寧だった。ヴェルレエヌが当時の人間に頽廃そのもののように見えたのもその本心に出たことではなくて、ただ彼の場合はその程度の食い違いでその精神の動きに従うことが出来たのに過ぎない。それ故に彼の頽廃の程度も疑うことが許されて、その仲間のランボオは賢明にアフリカに行って鉄砲の商人になった。そう言えば、最初に頽廃派と自称したのはラフォルグであって、この一切の奇行を絶して全くの平凡のうちにその短い生涯を終った近代詩人に頽廃の極致が見られる。

　時代の関節が外れているのを通り越して既に関節の所在も解らなくなれば銘々の健康を保つことが優先し、各自が時代のどこにも認められない均衡を回復する為の精神の冒険が始って、その途次行われる発見や表現が初めからその均衡を失っていないものの眼に如何に新奇に、或は不徳に映ろうとそれは問題ではない。もともと健康というのはこの均衡を指し、それを得る為に取られた方法を問う必要がなくて、そうであるから或るものの健康が或る他のものには不健康に見えることも殊に近代のような時代には少しも珍しいことでも、それに注意する程のことでさえもない。前にもどこかで引用したことがあるかも知れないが、マラルメの「潮風」にこういう一節がある。

眼の表面に映る古い庭の眺めも、
白さが拒否する何も書いてない紙に
差すランプの空ろな光も、
乳呑み児に乳をやる若い母親を見ることも
海に浸ったこの心を引き留めることは出来ない。

女房子供を捨て去って海へとはというようなことが頽廃を病的と見る単純な動機になっている。併しこれが頽廃の詩である本当の理由は例えば、人の眼に小さく映っている庭の眺めというような精緻な観察が倦怠の底を思わせて脱出ということと間違いなく釣り合っている点にあって、海の魅力は海の魅力であり、この詩の終りにある、心よ、船乗りの歌を聞けでギリシャの古代がそこに現れる。或ることが病的であるかどうかはそのことが置かれている、或は達している状態自体の問題であり、頽廃は所謂、健全なことが既にその曾ての生命とともに人間を健全に導く力を失った時それでもその健全、或は生命を是が非でも求める精神の衛生である。そのことに就ては例えば、質実剛健ということが戦前の日本でも如何に空ろに響くようになっていたかという事実も参考になる。もし質実剛健と言ってそれが少しも質実剛健の印象を与えなければそれは不健全であり、その直ぐ先に腐敗が待っている。

それで思い出すのであるが、ボオドレエルに「死骸」という詩があって、これは女に向ってその日通り過ぎた道端に転っていた腐り掛けた馬の死骸のことを言っているものである。その死骸は見るに堪えないものだったのであっても、それならば死後のことになればお前がそれとどう違うのかという趣旨で、これは訳を掲げてもその響を伝えることは出来ない。

Pourtant vous êtes cette pourriture,
O reine de ma vie et ma passion……

女房子供を捨ててという種類の初歩的な頭の働き方からすればこれも病的である。併しここに表現を得た情熱、この情熱というものになった言葉の響に病的な所はなくて、その意味の方から言えば重点が置かれているのが腐敗であるか、女が自分の生命であり、情熱であるということか、この詩から受けるものに忠実である限りその答はない。つまり、もし憎悪と戦慄と恐怖と身に強いる重い労働を通してでなければ、或は洗練と冒険と非情と凝視によってでなければ生き甲斐というものを感じることが出来ないならば、そういうものも辞さないのが死地に活路を開くことなので、生き返った人間というのは雄々しいものであり、頽廃というのは人間がそうして生きることである。そこまで行かなくてもというのは今日の我々が言うことであって、もし憎悪と愛情の違いが単に色合いの上でのものになり、安らぎと苛立ちの見分けも付け難くなれば、それ程に一切の基準、尺度、一口に言えば我々の足許の大地が見失われれば我々に残されるのは最も果敢な冒険でしかない。

それ故に頽廃は何よりも先ず生活態度から始るもので、この言葉が当てられているもとのラテン語も衰えるという意味のものであるが、その衰えが時代全体に亙っていて弱々しいもののみならず、どれだけ強い精神の持主でもその時代を認識する限りこの衰えの危険にさらされることになってその衰えそのものが更生に向うただ一つの正当な方法になる。それを無視するのでなければそれに直面する他ないからであり、これが近代の頽廃という種類のものである場合、ただ気が滅入っているからこれを引き立てるというようなことですまないのは明かである。何か身近にあるものを素朴に身近に感じることが出来ないのに対しては、それが出来なければ何れは息の根を止められるのであるから、そういう風に素朴に感じるに至る為のどんなに洗練されたものの認識の仕方も修得しなければならない。それでマラルメはパリの郊外の森が燃えるように紅葉しているのを指してヴァレリイに、あれは秋が地上で最初にシンバルを打ち鳴らしたのだと言った。

これが大切なことで、頽廃、或は洗練、或は凝るということが素朴の反対ではないのであり、我々はその素朴の境地に達したいから凝りもすれば頭の働きの洗練にも苦心する。マラルメが紅葉をシンバルだと言った時に森の木の葉はその眼に燃えて、彼が書いたような詩しか彼が書かなかったのは詩を書くという昔からある人間の行為を彼もしたかったからだった。あれだけ手が込んだ詩の書き方をして、それでもその結果が詩になっているのはヴァレリイが哺乳類の生殖器の構造は複雑を極めているが、生殖の行為そのものは簡単であると言っているのを思わせる。アルクマンの紫色の怪物が眠る海とホメロスの葡萄酒の色をした海とマラルメの「潮風」を比べるならば昔のギリシャの詩人達が海を歌うのにマラルメの半分も苦労しなかったことが解っても、その三つともに海の風が吹き通っていて、それ故にマラルメが用いた方法は少しも間違っていなかった。

そういう風に考えて来ると、普通に頽廃の見本のようになっている例えばビアズレイの挿し絵などがどの程度まで頽廃であり、近代であるか疑しくなる。既に自分に古代の人間の素朴な考え方が出来なくなっていて、その出来なくなっていることを固執するのも一種の頽廃に違いないが、それは素朴から切り離されていることでその先で待っているものは死であり、文字通り、その頽廃は生かされていない。事実ビアズレイは挫折して死んでいて、その絵にフランスの後期印象の逞しさ、或はしぶとさは見られない。一般には夜と昼の顚倒などの奇行が頽廃の別名に考えられている。併しこれはマラルメの作詩法と同じで、もし夜と昼が入れ代って夜に昼の爽かなものが感じられるならばそれはただ夜が昼に代ったのであり、もしそれがその人間がぐうたらである為ならばそれは病的な奇癖に過ぎない。西暦前八世紀のイタリイにギリシャの植民地で始った都市があって、そこの市民は快楽に耽ることに長じ、一人の男は薔薇の花弁を寝床に敷き詰めて寝るのが好きで或る晩のこと、その一枚が二つに折れていて一睡も出来なかったとこぼした。これも頽廃と思われるかも知れないが、病的な奇癖ではないまでも、単に素朴に豪奢な話であるだけである。

こうなれば、近代の豊富という考えに野蛮人の血を通わせて見なければ今日の我々はそれを理解することが出来ない。必ずしも野蛮人の血でなくてもいいが、そこに生きて行こうという意志がなければ近代の豊富も無秩序も誰も困らせはしなかったので、この意志があってこの一時代に豊富が無秩序を呼び、無秩序が豊富を収拾が付かないものにまでするのが息苦しい現実になった。それで勇気がなければなす所を知らなくて陥ることになった倦怠の裏面をなすもの、或はそれが裏面をなしていたのが今日では想像し難い絢爛、豪奢であって、近代人は生きて行く為にもその豪奢に寄与する他なかった。ヴァレリィは近代が各方面で曾て類例がないような成果を収めたにも拘らず、この時代に適していてこの時代のものと認められる道徳も理想も政治学も法律も作り出すに至らなかったと言っているが、その原因も同じ文章のどこかで説明している筈である。この時代に一つの時代としてのそうした調和が得られなくて、それを何かの形で望むものは銘々が自分でする仕事の面でそれを各自に実現しなければならなかった。もともと近代の無秩序と豊富は人間が自分が進む方向だけを念頭に置いて活動を続けて来た結果である。こうして近代に至って人間は各自の仕事の上で自分が求める調和に形を与えることでこの豊富に更に加え、その調和に即して自分が無秩序の中に生きていることを確認した。

それで倦怠と完璧なもの、調和の一端を示すものに対する志向に促進された近代の豊富がその字面からは汲み取れない意味を持つことになる。もし生きるというのが仕事の上で生きることでその仕事も自分のうちで働くそうした近代的な精神を満足させるものでなければならないならば、それまでに人間が遥かに充実した生活を送った時代はあっても、少くともその前の十数世紀に亙ってヨオロッパがこれ程多くの精神的な産物の開花を見た時代はなくて、ルネッサンスというものを持って来てその時代のこういう活動が近代とは比べものにならない位幅があるものだったことを認めても、個々の完成が次々に形を取って行った点で近代の精神活動は眩惑に値する。当時の日本にさえも各国のそういう成果とその情報が月毎に送られて来て、その近代の圏内にあったその頃の日本での同じ種類の仕事は今日なされていることを沈滞と区別が付け難くする。

ここで小粒ということが頭に浮ぶかも知れない。併しベレイやヘリックの外見は翩々たる詩をミルトンやユウゴオのと比べてその優劣を論じることが意味をなさないならば、同じくこの完璧という事実の拡りに即してダンテをクロオデルの上に置くことは出来ない。近代という時代には完璧なものを作ることが生きることであり、近代人も生きていることに執着したので完璧なものが氾濫した。これはそれだけの数の秩序が世界を全くの無秩序に陥れたということで、それが人を終末論に導いたことは今日でも容易に想像出来る。曾て東洋で行われた末世観とは凡そ違った性質のもので、人間が碌でもないことばかりしているから世は終りなのではなくて見事なことだらけであるのが救いにならず、救いの観念から既に遠い所まで来たことが前途を真暗にし、それを照すものが個々の完璧であるならばその光芒と暗闇は同義語だった。近代というのはそういう時代だった。

ここまで来て太陽を燃え尽きさせていい。その時の熱も今の太陽の熱と同じものである以上、近代にあったものも今日と何一つ変っていなかった。その完璧は今日の完璧でもあるからそのことに即して我々は近代も我々のものにすることが出来て、そうすることで近代とともに今日の時代に向って行ける。近代に至って一つの文明がそのある限りの姿態を示し尽したことになり、その後に来るものがその文明の崩壊であり、この崩壊そのものがその後に来るものだったからこの時代に救いはなかった。或は、それが救いがない状態の崩壊だったと言えばもっと話がはっきりする。そして救いがない状態でも正常な人間は正常に生きて行かなければならなくて、それで人間が近代で正常な生き方をしたのが頽廃である。太陽が燃え尽き掛ける時にそれまでよりも一層烈しい熱を発し、それが熱であるから一層烈しく熱として作用する。併しこの比喩では太陽が燃え尽きるのが救いが来ることであり、それ故に今はもう近代ではない。

余生の文学

この頃は或る本が入り用になったのでそれを買いにでなしに、ただどんな本があるかを見に本屋に行くということをする人がいなくなったようである。こっちが何か本が入り用になって本屋に行ってももうそういう昔の人はいない。それを思い出したのは昔そうして丸善か三越の洋書部と言った所の本棚の前に立っていて、インゼルがその頃発行していた洒落た装釘の薄い叢書のヘルダリン詩集をめくっていて読んだ詩の二行が頭に浮んだからである。それは、

私にもう一度だけ夏を、権力があるもの達よ、
そして私の詩が実る為にもう一度秋を。

というので、「運命の女神達に」という題が付いていていた。恐らくはよく知られた詩なのだろうが、その二行しか覚えていないのはそれが昔の時代で人並に本屋に行って本を漁りはしても、やはりこの頃の人間と同様に何かに追われていてその詩はその二行を読んだだけだった為ではないかと思う。この詩自体が何かに追われた人が書いたもので、ただそれを書いたのがヘルダリンであってその結果が詩になっていることがそれを救っている。勿論こっちも

何か仕事がしたかったのである。どういうものを読んでも、或は見ても、それが優れたものであれば癪、或は焦燥の種だったたのを覚えている。或は料理人を志望するものにとって凡て御馳走はそういう働きをするのだろうか。

自分に何が出来るか解らなくてそれでも何かやって見たいというのは厄介な状態であるが、若いうちはその状態にある他ないようで、やって見なければ自分に何が出来るか解らない。併し理窟はそうであっても、やって見ている途中でそれが自分には出来ないことであるのが解った気になるということもあり、これも確かではなくて、それから先は滅茶苦茶である。その為に若い人間には体力があるのだと思われて、そういう真似をして兎に角生きていられるのも若いからであるとともに、そんなことになるのも若さの為である。併しそのような涙ぐましいことを離れて、何か優れたことがしたくてそれがまだ出来ないでいることのどこが面白いということを改めて考えていい。ヴァレリイが言う通り、辛いこと、例えば痔の苦みにどこも面白い所はなくて、痔の苦みをもっと精神の面に移したとしても大して違いはしない。どうにもならない目に会っている人間に対しては見て見ない振りをするのが礼儀である。

人生での大概のことは文学の世界での出来事に照応して、文学の世界でも若さは少しも若いからいいということではない。この頃の日本で言う青春とかいうのは論外である。もし若いということに何かの取り柄があるならば、それは若い人間のものとは思えない仕事をする体力が若い人間にあるからで、その点に就ては、我々が若さを本当に新鮮なものに感じる時にその若さは何か別なものであることに気が付く。例えば詩人の全集を読んでいて、もしそれが年代順に詩を並べたものであるならば、初めの方に出て来るのは大概碌でもないものばかりであって、これはキイツやラフォルグのように非常に短命だった為にその初期、中期、後期が普通の人間の初期にも達しない期間に起った変化を指す場合でも同様である。キイツの「エンディミオン」を読んでいる時に自分の若い頃のことを思い出して身震いするという経験をしたものもある筈であり、その身震いは懐しさからではなくて嫌悪による。

併しここに三好達治の、

この湖で人が死んだのだ
それであんなにたくさん船が出ているのだ

という句で始る詩がある。その全集で初めの方にあるものの一つであるが、これは碌でもなくはなくて、そして若くもない。或はそれは再び若さの定義の問題で、若い人間にも若いとは思えない仕事が出来るのはその通り、その間は若い人間であるのを止めているからであり、そこに感じられる若さはそれをなくして人間が死ぬものであって、寧ろそれは生命と呼んでいいものである。所が生命というものは若くて、それで話が又混乱しても、その若さならば人間が成長するに従って自分のものにして行くもので、それで例えば次のような詩が得られる。

Gleich einer alten, halbverklungnen Sage
Kommt erste Lieb und Freundschaft mit herauf;
Der Schmerz wird neu, es wiederholt die Klage
Des Lebens labyrinthisch irren Lauf……

訳す程のものではなくて、或はここにこれを引用した限り、これは訳せるものではない。併し兎に角、ゲエテがこれを書いた時には五十を越していた筈で、それでもこれを読んで一人の中年の男が初恋や初めに会った友達のことを胸に浮べて過ぎ去った青年の頃を惜んでいるという意味に取るものがいるとは思えない。或は確かにそれがその言わば筋であるが、こではその惜むということよりも惜まれているものがその姿を現し、それが初恋であり、人生の首途で出会った友達というものであって、そうでなければ胸の痛みが更新される訳がない。又その痛みが繰り返して訴える人生の迷宮にも似た曲折は青年に最も親しい嘆きでなければならなくて、それ故に青年はそれを読んで打たれ、ただまだこういう言葉を使ってその嘆きを確認するに至っていないのでそれだけ又打たれるのである。

Der Schmerz wird neu, es wiederholt die Klage……

そうして見ると我々は若くなる為にも年を取る他ないのである。

併しそれならばここに奇妙な問題が生じて、我々は若いうちは年を取ることよりも、勿論この場合もこの頃の日本で言う青春とかいうのは論外であるが、年取った人間がする仕事が自分もしたくてそのことに憂き身を窶し、どうやら仕事の方がすんだ時に本式に年を取る。或は若くなる。つまり、何かしたくて年を取り、年を取って若くなると仕事はすんでいて、これが小説ならばそれから先はどうなるのだろうか。そして年を取っているから仕事が出来る筈で、そうするとそれから後の仕事の方が本ものだということにもなる。確かにそれまでは自分の若さというものを極力殺してこれだけはと思う仕事をして来たので、それならば実際に年を取った上はもっと仕事が出来るのでなければ嘘であると同時に、そのことによってこれだけはと自分の体に鞭(むち)うって仕事を続けていたのが嘘になる。併しこれは年を取ってした仕事の方を認めるのが本当のようで、このことは文学の世界でも明かである。

そして勿論これは文学の世界だけのことではない。秀吉の戦記を読んでも、彼が最も意を用いたのが天王山、賤ヶ岳、小牧山、長久手などの合戦だったことは解るが、戦略の規模とその闊達の点で何れも彼の朝鮮征伐の比ではない。そういうことを彼が思ったのが彼が耄碌したせいだという説があっても、あれだけの兵力をあの手際よさで朝鮮に送り込んで、少くともマッカアサアが近代の兵器で装備した軍隊を指揮し、初めから朝鮮の半分をその傘下に置いて戦ったのと同じ成果を収めるというのは耄碌した人間に出来ないことであり、秀吉がその時自信と生気に満ちていたことは彼がこの期間に毛利その他の大名達に宛てて書いた手紙にも窺える。併しそうであるとともに、彼は玄海灘に面した名護屋城で隠居した積りになっていたのではないかということをも考えられる。そこで彼は年寄りが庭木いじりをするように子供を作ったり、船団をもう一つ仕立てたりして、それが彼にとって矛盾でなかったのは彼が戦争の技術を全く自分のものにしていたからである。彼は本当に明に攻め入る気でいたのだろうか。その時はその時という覚悟が彼にあったことはその自信から察せられて、朝鮮までは彼の世界であり、その世界で彼の機略は融通無礙だったから彼の精神の安定に揺るぎはなかった。

年を取って自分に何が出来るか解るというのは自分の限界を知ることでもあって、年とともに自分の能力に限界がないことが明かになって来る天才もある訳であるが、それが無限であることも含めて限度がはっきりすることはそれだけ仕事の狙いを定め易くして、これも熟練に欠かせないことの一つである。又逆にそこにもまだ若いことの辛さがあり、自分が天才であるかないかも決らず、まさかそんなことはと思っても大器晩成ということもある。自分に何が出来るか解らないということの一環をなすもので、まだ本当に若ければそこで体力がものを言う。それはその体力が浪費されてものを言うということで、その為に若いということは体力を伴い、若くて死んで一流の仕事をした人達が残したものを見れば彼等が既に老境に達し、或は少くとも老境というものが何であるかを知っていたことがはっきり感じられる。ここで話を文学の世界に戻して、前に挙げたゲエテの詩は次の数行で始っている。

又お前達は近づいて来る、揺らめく影達よ、曾て霧を通してのように一瞬眼に映った影の群。
今度こそはお前達をしっかり摑まえようか。
その狂気に向って私の心が惹かれるのを感じる。

併しこの時ゲエテはその影が何と何であり、それがどういうことをするかをその半生の経験と修練で得た技術によって結構既に見通していたのであり、それ故に影の群は彼の心を惹いて再び「ファウスト」を書く仕事に駆り立てたのである。と同時に、それまで彼がこの仕事を何十年間かほうって置いたことも事実であって、この序詩を新たに書いてから全部を書き終えるのに更に彼は死ぬまで掛っている。これをその一生をこの仕事に費したという風に取っては意味をなさなくて、仮に彼がこの序詩を書いた時に五十歳だったとして八十四歳で死ぬまでに彼が他にどれだけのことをしたか考えて見るといい。そしてその何れも、「ファウスト」も含めて、彼がしなければならなかったことでもなければ、しなければならないと彼が思ったことでさえもなかった。彼はただ何かがしたくなって、それが出来るからそれをやり、したくなくなれば途中でも止めて後になって又その仕事を取り上げたりした。そうすると彼は少くとも五十の時から余生に入っていたことになる。

それで余生の定義をこの辺でしなければならない。一般に余生というのは一人の人間にとってその生涯の仕事だったものがすんでから死ぬまでの期間を指し、それで静かにだったり、不運だったりして余生を送ることになる。併しその仕事というのはそれをその人間がすることに就て言わば社会的な要請があること、例えば親の後を受けて家業を継ぐとか、或は今日ならば生活して行けるだけのものを得る為にどこかに勤めるとかいうことで、その多くは誰でもがするようなことであるから年を取るまではそのこつが解らないという種類の面倒がない。従って、若いうち自分に何が出来るか解らないので苦むということもない訳であり、その場合の修業は寧ろ人生そのものに就て行われ、それが又仕事の上に返って来るということは勿論考えられても先ずもたもたしなければ仕事が進まないという事情はそこにない。今日では例えば文学もそうした仕事の一つに考えられている。併しそれが見せ掛けだけの文学でない限り、これは実際にそうだろうか。

文学がなくても誰も困りはしないのである。先ずそのことから文学を見直す、或は考え直さなければならない。一応の仕事をすませてそれから余生を送るその仕事というのはそれがなされることに対して社会的な要請があるということを言い換えれば、誰かがそれをしなければ困る人が出て来る種類のものであって、やらなければならないからそれをやる道があり、若いものでも勉強さえすれば帳簿も一人前に付けられるようになる。本当は、或は元来はそれが仕事というものなので、その原型は畑を耕して穀物を収穫することであり、戦争が敵に対して国を守ることだった時代にジョンソン博士は誰でも男で軍人でないものは或る後めたさを感じると言った。支那であれだけ文学が発達していて、そういう人達の伝記に詩人だったとか、小説家だったとか書いてある例は滅多にない。その頃の人間は役人になって人民を治めるか、学者で人民を教えるか、或は武人であって人民を守り、その上で詩文を善くしたり、何々集何巻を残したりするのである。

確かにジョンソン博士の時代に文学は既に一種の職業になり掛けていた。それは一つには文明の時代になって段々と人間に必ずしもなくてはならないということがないものまで嗜むものが現れて来て文学でも或る程度の金が儲けられるようになったからであり、一つにはその反対に、凡てが世智辛くなって文学の看板を掲げて金儲けでもしなければ自分が思う通りの文学の仕事が出来なくなったからである。つまり、文学で金儲けをするということが新しいので、考えて見れば、傑作を書いてそれが金になったなどというのはこの二、三百年間のことに過ぎない。ヴィヨン、ダンテと挙げなくても、シェイクスピアが芝居を書いて儲けたというのは少し違っていて、彼は劇作家である前に俳優であり、劇場の持主であって、彼が書いた芝居が当りを取りはしても、それで彼が世智辛く著作権料だの上演料だのを要求したのではなかった。彼が他のものと経営している劇場の収益はその数のものの間で分けられ、芝居が当りを取るのが彼の天才の為だけでなくて俳優の名声や芝居好きの観客の支持にもよるものであることをシェイクスピアは誰よりもよく知っていた。

芝居を書くのが直接に金儲けと結び付かないことが彼に自由に仕事をさせた。それは自由に観客の興味を惹くことを工夫することでもあって、一体に文学の仕事では拍手のことを考慮に入れるのが一つの先天的な条件になっているが、それが直接に金を儲けることと結び付くものではない。これはその仕事が人間になくてはならないものではないことから来ていると思われ、それ故にその仕事の初めには先ずもたもたする。別にしなくてもすむことをしているからであり、それが出来るようになるのは、或は本当に出来るようになるのは一仕事終った時の自由を獲得することであることを考えるならば文学というのが余生の仕事であり、或は余暇の仕事であることが納得されて、この場合の余生と余暇は同じことであると見て構わない。何かの束縛を解かれたのが余生であって、そうでない余暇はまだ余暇とは言えない。それは急いでその間に遊ばなければならないというようなものではない筈である。

余生があってそこに文学の境地が開け、人間にいつから文学の仕事が出来るかはその余生がいつから始るかに掛っている。何もそれは書くことばかりではなくて、それを受け入れる方でも教養が欲しかったり、人生に就て教えられたかったりする間は本を読んだことにも芝居を見たことにもならない。我々が若いうちにそういうことをして心底から感心することがあるならば、それはその際に言葉の力で無理矢理に余生の境地に引き入れられたのであって、その証拠に我々は理窟を言わず、そこで凡てが終るのを見て、それは我々が人生の終りに見るものでもある。その意味で本を読み過ぎると爺むさくなるというのは本当で、年を取ったものが爺むさいならば我々は事実本を読む毎に年を取るのであり、何か書く気を起すというのもその辺から始って、凡てが終るのを自分の言葉を通して見たいのが我々をそういう仕事に追いやる。それならば書くのも年を取る方法で、我々が年を取った時に書けるようになる。凡てが終るというのは一切のものがその場所を得てその通りのものになることである。その輝きを思うならば若いものが若さを謳歌し、未熟な人間がその未熟をさらけ出したものなど読めなくなる筈ではないだろうか。

「ロメオとジュリエット」がそうした若いものによる若さの謳歌であることは間違いなくて、それ故にその若さは未熟であってまだその場所を得ず、シェイクスピアに生命と同義語である若さが現れるのは、「十二夜」に至ってであり、この若さはその後のシェイクスピアから失われることがない。ジュリエットはオフェリアやコオデリアやミランダの先駆をなすものかも知れないが、それならばそこには母親と娘位の違いがあって、この母親の年齢は不明である。ドルジェル伯の妻だったマオォのことを考えてもいい。それが如何にフランス風にませて若々しい女であるかを思うならばラディゲが二十一かそこらで死んだのはその時に天寿を全うしたのだと見る他ない。

こういう老熟は天成のものである。それはこの世に現れると同時に余生に入ることで、それがどういうことなのか我々には想像も付かない。ラディゲの小説やキイツやラフォルグの後期の詩を読むと、神々が愛するものはの例の句が頭に浮んで、神々は愛するから天上に早く連れ去るのではなくて愛するからこそその愛するものの地上での存在を短い間に完成するのである。それが汚れを知るとか知らないとかいうこととどの程度に関係があるか解らないが、又汚れは当然知るに決っていても、身に付けるべきものを付けるのに長い年月を掛けないですむというのは不必要な染みや傷痕を体に残さないことであるには違いない。その苦み、或は悲みがそれだけ烈しいものであるならば、それを受け留めるのに体の若さというものがあって、この老熟と若さ、生と死の重なりは今日稀に残っている全盛時代のギリシャの彫刻を思わせる。例の句と言い、彫刻と言い、ギリシャはそういう国だったのだろうか。

それでもう一つ思い出すのはワットオの絵である。これも余り残っていないようであるが、昔ルウヴルで見たものに、何人かの繻子と絹で着飾った男女がどこかの庭に集っているのがあった。その絵具はまだ鮮かでも廻りの木などの背景は古びて真黒になっていて闇夜に、或は宇宙の暗闇の中にこの一群のものだけが浮び上り、そこに浮んでいる感じだった。それは象徴的でさえあって、束の間の出来事を絵にしたのであるからその出来事が消え去るのは当然であり、暗闇がそのことを表し、男女のきらびやかな服がその束の間のことが確かにあったことを証言しているようだった。もし誰かが非常に短時間に、例えば天稟によって老熟した青年が人生を眺め渡すならばこれと同じ印象を受けると思われて、過ぎ去るということでそこにあることは一層そこにあり、そのあること凡ては過ぎ去るということで無駄な負担をなくして、それが感じさせるものは悲みよりも一種の諦めである。あの絵には余生と若さがあった。

余生でなくてもいいからせめて成熟した人間を問題にしたらと思うことが時々ある。例えば文学の仕事で金を儲けるというのが既に未熟な考え方で、若いものにとって若さが、或は未熟な人間にとってその未熟が売りものでこれに文学の名を被せでもするのでなければ、或はそういう若いものや未熟な人間に向けた売りものを製作するのでなければ文学は儲けるということと縁がない。何か他人が欲しいものに自分に利益がある値段を付けて売るのが儲けるということである。併し文学の仕事にどれだけのそうした値打ちがあるのか。そこで行われている価値の観念は全く別な系統のものに属するから値段の付けようがなくて、それ故に曾てこういう仕事をするものは自分の力で暮せなければ他人の好意に頼り、例えば富があるものに抱えられ、今日では誰にも抱えられていないから自由であるなどと考えるのは本末顚倒である。それならば一冊の本を書いた時にその正当な値段というのは誰が決めるのか。誰に解るのか。

昔、本を一冊書くことを頼まれてその代金に本の一頁毎に金貨一枚を約束され、支払いの段になってそれが銀貨一枚だったので本を書いたものが怒ったという話がある。それはそういう取り引きで、その取り引き通りにならなかったのであり、金貨でも銀貨でもその本の価値と別に関係があった訳ではない。これは今日でも同じで、本の一冊の値段を幾らに付けてそれが何冊売れようと売れまいと、又それでその本を書いたものの所に入った金が幾らになろうと、それがその仕事を金に換算したものでないことは書いたもの自身が知っている。昔から一方には自分の暮しというものがあり、それによって自分のものになった自由な時間に本は書かれて来たので、今日のようにその仕事が同時に自分の暮しを立てる方法にもなったのはこの二つの間に共通の論理というものがないのであるから、それは病苦その他とともに仕事をするのに打ち克たなければならない悪条件ではあっても仕事をする上で有利なことでは少しもない。

それで予期したよりも多くの、自分の暮しを立てるのに必要な額を越える金が入るのは運がよかったので、その為に仕事をしたのでないこともそれをしたもの自身が知っている筈である。それは競馬で賭けたのが当るのとも違っていて、競馬で賭けるものは初めから当るのが目的なのである。我々が愛読する幾多の本がそれを書いたものにどれだけの金を、或はもっと一般的に言って何か物質的なものを恵んだか思い出して見るのも参考になる。陶淵明の時代に印税などというものがあっただろうか。それから千年近くたって菅茶山は自分の詩集で金が入ったのが不思議なようなことを手紙に書いている。バルザックは小説を書いて借金を一応は返したが、それを書く一方で売る苦労をしてユウゴオには真黒に見える顔になって死んだ。確かにユウゴオは最後までその詩が飛ぶように売れたが、これはだから運よくその詩が時流に投じたのでロオマの第一級の詩人が皇帝に抱えられたのと変らず、時流もロオマ皇帝も自分ではない点では同じである。

ここで又いつもの癖でマラルメを持ち出す所だった。マラルメは妙に頭の片隅に残る詩人である。差し詰め今日の日本では中学校の先生をしながら金にならない、併し誰でも一度読めば忘れられなくなる詩を書いて一生を終ったマラルメは隠遁者の文学という風なことになるのだろう。そしてこれに対して他にどういう文学があるのか考えて見てもどうも思い当らない。ウェルギリウスではアウグストゥスの宴会に始終呼ばれていたからこれは成功者の文学だということになるのかも知れないが、皇帝の丸抱えになっていればその宴会にも出掛けていることになる訳で、それがウェルギリウスを得意にしたので彼の詩が今日でも残っているなどということを誰も考えない。李白が梨園で玄宗皇帝の前で傾国の詩を賦した時と、後になって陝西省のどこかをうろつき廻っていた頃と、詩人には当然の発展を除いてその詩にどういう違いがあるのだろうか。彼は自分のことを謫仙人と言っていて、これは謙遜でも自嘲でもなかった。

中学校の先生をしていても、楊貴妃の前に立っても、そういうことからどれだけ遠ざかれるかに文学の仕事の成否が掛っているのであるよりも、遠ざかれなければ文学の仕事は出来ない。そうすると又象牙の塔ということが言われるかも知れないが、それならば文学の仕事は象牙の塔であり、ただそれは象牙の塔、或は科学者が一定の条件の下でなければ行えない実験をするのにその為に作った密室に閉じ籠るのと違って常に外界と空気の流通がなければならなくて、そうでないと言葉を使って用を足したり、嘆いたりする自分と同じ人間との連絡が絶える。それならば山奥でもいい訳で、隠遁者というのはよく山奥に入って住む。併し考えて見ればそこまで行く必要もないので、宮殿の一室でも、或はパリの建物の四階にある貸し間でも仕事に無駄なものから遠ざかることが出来て、その点人間は自由であるならば余生に入るのに年齢の制限もない。

兎に角、何かはっきりした目的があってそれが他のことに優先している間は文学の仕事は出来なくて、その文学というものを何かの形で楽むにもその余裕が得られない。このもの欲しげな所がないというのが文学の一つの定義にもなって、これが無愛想に終る代りに親しく語り掛けるというもう一つの性格がそこから生じる。それが何千年前のものであってもそうで、マラルメやランボオが書いたものにしてもそうであり、これは一人の人間がそこで息をしているのが感じられるからだろうか。この特徴は決定的であって、その為にこそ人間は余生に入って余生を送り、若さや未熟が売りものになっているものではそれに幾ら文学の名が被せてあってもその親しさ、そこに一人の人間がいるということがこっちまで伝わって来ない。又その筈で、息急き切って坂道を駈け上って行くものがあったりすれば我々がそこに見るものは人間よりも労働であり、労働が美しいなどと考えるものはまだ自分でそれをやったことがないのである。

労働と仕事の違いというものを一応ここで設けてもいい。我々はやらなければならないからいやでも労働するので、その際に息の具合は二の次のことになる。勿論、或るものにとっての労働が別なものには仕事になることもあり、仕事をしている人間は息を切らせたりしなくて、仕事では息の具合が他の一切を支配するのであるよりは何をするのも息をすることなのである。もし馬車馬のように働いた後で余生に入るならばその時に自分が息をしている人間であることに気が付くに違いない。ゲエテが山の上に立って自分も休むことを願ったのは彼が既に休むということを知っていたということなのである。アァノルドの「エンペドクレス」に出て来る人物の一人は、遠いイリリアの海岸の温かな湾にアドリア海の波が打ち寄せて来て、そこに曾てはカドモスとハルモニアだった二匹の年取った大蛇が日向ぼっこをしているそうだと歌う。こういう例はその中で休むということが扱われているから解り易くする為に挙げたまでで、実際には誰が何に就て書いているのでも、デカルトが冬籠りしている間に考えたことを語り、ヴァレリイがダ・ヴィンチにとって絵というのがどういうものだったかを説明しているのでもこの息遣いが感じられて、それは個人的に違っていても、どれも静かな息遣いである点では同じである。

もっと勇壮なものが欲しいなどと考えるのも可笑しい。それならばワグナアやベエトオヴェンの最もがんがらがんがらした音楽でも正確に拍子を取って奏せられるのだということはどうなるのだろうか。丁度、十四行詩の形式はミルトンが用いても、ヴェルレエヌがそれで書いても十四行詩の形式であるのと同じで勇壮なこと、或は複雑なこと、或は又淫乱なことを書くことで書くものの息が荒くなったり、絶えだえになったりするということもない。アキレスはヘクトルを戦場で倒してその死骸を戦車の後に付け、トロヤの城壁の廻りを三度引きずり廻す。これは勇壮を通り越して野蛮極りない話であるが、そこの所もその前のヘクトルが妻子に別れを告げる所と同じ詩形で書かれていて、何れの場合にも聞けば、或は読めば思い出すホメロスの息遣いを感じる。司馬遷が項羽と劉邦の鴻門での会を書くのと孔子列伝を書くのでもその息遣いは違っていない。彼が李陵を弁護している文章に就ても同じことが言える。

悲みに堪えなくて書いた文章でも余生の安らいだ息遣いを感じさせ、それで始めてその悲みもその文章を読むものに伝わり、又その為にその文章を読むものがそれに堪えてそこに喜びを見出すことさえ出来るということが文学というものに就ての一切を語っているように思われる。ニュウマンはキングスレイの攻撃に激怒してその「アポロギア・プロ・ヴィタ・スア」を七週間でその間中涙を流しながら書き上げ、そうして我々に与えられたのがこの古典だった。これは既に技術の問題ではなくて心構えであり、余生に入ったもの、文学の仕事をするものの心は乱されても乱れた心の働きをしない。もし孔子が七十になって矩を踰えなくなったと言ったというのが本当ならば彼は七十になって余生に入ったのであり、その矩を踰えたものは文学ではない。ふと本棚を見廻すと、そこに人の余生が我々を取り巻いている。それで文学は若いものには向かないということになる筈であるが、生憎、若いのに余生を垣間見てそれを望むものが出て来るから文学は絶えないのである。

後記

余り長くなくて色々と違った趣旨で書いた批評を集めたものが評論集であるならば、これは今までに出した中でその二番目に当るものである。最初のを作ったのは余り昔のことなので今ではその題も覚えていなくて、この山の中ではそれを調べることも出来ない。こういうことになるのは新聞や雑誌に書く機会が少いこと、又それにも増してそういう所に書く注文が多くは後で本に収めても仕方がない性質の記事を求めたものであるということが考えられて、これは別にそのよし悪しを論じなければならないことではなさそうである。併しそのことで思い合されるのは短篇小説を書く技術が衰えたということを聞かされることで、自分の部門での経験に即して言えば、これはその技術が衰えたのであるよりも全くただ短篇を書くものも、それを書こうと思うものも少くなったからではないかという気がする。一般には短いから書き易いのではなくて短いからこそ難しいのだという風に考えられている。併し実際にそうだろうか。

この頃のようにただ訳もなく書いて行ける時勢であるということは別として、本気で何かを書く積りで書くのには長いものの方が短いのよりも書き難いのに決っていて、そのことを極く単純に考えても息の問題があり、自分自身の昔を振り返っても批評を書いていてそれが二十枚になれば喜んだものだった。それに就て批評家、小説家その他の区別を設けなくても日本の現代文学それ自体の力が充実して来れば単行本が雑誌に取って代り、雑誌の一回分で前はすんだ仕事に単行本一冊の長さが必要になるのは当り前のことではないだろうか。例えば長ければそれに応じて構想を練り、覚悟を決めるということをしなければならなくて、それを力が満ちて来れば自分からしたくなる。或はそれが条件である種類の仕事がしたくなるので、それで読者の方でもそれだけ堪能出来る。この頃は珠玉の何々というのが前のように出なくなったのも、そう考えるならばそう嘆く程のことではない。

これは別に自分の評論集が二冊しかない為の言い訳ではないので、思い付いたままのことを後記に書いたまでのことである。前の例に倣って、ここに収めたものも書いた年代順に並べ、題は何とはなしにただこう付けた。

昭和四十四年十月

群馬県吾妻郡長野原町大字応桑字地蔵川にて

著者

解説——生きている言葉の文学

宮崎智之

吉田健一の『余生の文学』は、一九六九（昭和四十四）年に新潮社から初版が発行された。筆者の手元に古書店で購入した新潮社版がある。幾何学的でシンプルな装画があてがわれた函付きの単行本で、久しぶりに頁をめくってみると、文章にたくさんの線が引かれていた。『余生の文学』ほど、筆者を励まし、元気づけてくれた本は、これまでなかったように思う。すぐに目に飛び込んできたのは、二重線が引かれた「言葉」の一文だ。「第一、我々は言葉というものに魅せられることから始めなければ文学と付き合うことは出来なくて、言葉に魅せられた状態にそれ以外のものは全く入って来ない」。当然のことながら、文学は言葉である。言葉に魅せられることから文学は始まる。具体的な効能は示しにくいが、「何の役に立つという保証もなしにその世界はどこまでも拡り、その拡り方がそれには限界がないことを感じさせるのがそこに遊ぶことにも行き詰りというものがない……」（「言葉」）と吉田は書く。

筆者は、文学に書かれている言葉を味わい、言葉に打たれることで、その都度、自分が感受できる精神や世界の範囲を拡げていくことができると信じてきた。もちろん、ときに読者にとって不快に感じる作品もあるだろう。しかし、それも含めて、文学はまずなにより楽しむためにある。少なくとも筆者の文学的な原体験には楽しさがあった。それには限度がなく、そうでなければ嘘である。文学を功利主義的に否定したり、眉間に皺を寄せながら学問の中に閉じ込めようとしたりする姿勢とは程遠い生きた文学論を筆者は発見し、歓喜したのだ。

線を引いたところを抜粋しただけでも、一冊の本が完成してしまいそうである。それは一度読んで引いたものではなく、幾度となない再読で増えていった。筆者は、本書をひとつの指針にしていた時期がある。三十代のある時期、若さの焦燥と、時代のスピードとに軸足をぶれさせられ、以前は輝いて見えていた文学から光が失われて航路を見失っていた筆者に、吉田の文章は道標となった。それは表題作「余生の文学」によるところが大きいのだが、先に言及しておきたいのは、難解だとする者も少なくない、吉田の語り口や文章についてである。はたして、吉田の文章は本当に読みづらいのだろうか。確かに、独特のリズムや言い回しに慣れるまではそうかもしれない。しかし、その文章は一文一文をしっかり辿って読んでいくと、実はまったく難解などではなく、むしろ書かれている文章が、書かれているべき文章として驚くほど明解に記されていることがわかる。立ち上がる世界は、まさに「そこに遊ぶことにも行き詰りというものがない」。そのように吉田の文章を読むために大切なのは、吉田が本書で繰り返し述べている「言葉は生きている」ということを、実感をもって理解することである。以下、本書の中から印象に残った部分に触れながら、そのことについて説明する。

吉田は「文章論」の中で、学術用語などの意味が厳密に限定されているものとは違い、普通に使われている言葉は、正三角形や切点といった具合にその内容を隅々まで決めたくてもそれは許されず、「つまり、文章は先ず生きていなければならない」と記している。言い換えれば、物が切れ、ある程度、長持ちすればいいと考えられるナイフと同じような意味で、文章は具体的に道具として役に立つものではない。また、同じ一つの文章がいつも同じということはなく、「何とも思わずに読んだものを別な時に読むと急に光り出したり、その逆のことが起ったりしてこれは必ずしも我々の頭が冴えているとか冴えていないこととかに原因しているのではない。それよりも海の色などを考えて見るといいので、海は同じ一つの場所にある海でもその色は始終変り、そしてそういう風に変るのが海というものなのである」と喩えている。

この喩えは美しいだけではなく、非常に明瞭でもある。文章が生きていることを海で喩えることにより、その有機的な側面を、現実の海と同様に具体的なイメージとして思い浮かべることができる。さらに、吉田は言葉について説明を続ける。雨が降っていたのならば雨が降っていたと書けばいいいじゃないかとチェホフは言った。しかし、そんなに簡単なものだろうか。例えば、太郎が花子を好きになったと書くとする。書いてしまえば簡単に意味は伝わるが、人が人を好きになるということは、そう簡単にすまされるものではないと、吉田は述べる。「……これを言葉で表すには先ずその太郎という人間が言葉の上で確かにそこにいなければならず、……その上に更に、好きになるというのがどういうことなのか、或は、この特定の場合にそれがどういうことだったのか、そのことを書く人間にとって第一にそれがよく呑み込めている必要がある」。そして、そういったことを探るためにも人間は言葉で探るしかなく、精神に直接に迫ってくる魅力ある文章はその困難を乗り越えた結果、書かれるものである。言葉が生きているとは、吉田にとってこのようなことであり、「何か生きたものを表す言葉が生命と生命の機構よりも単純であってすむ訳がない」という論には説得力があろう。

したがって、吉田の文章は以上に説明されたとおりに書かれていると読者は考えてよいことになる。海のように多様な表情を見せるが、そこに書かれているのは吉田が実感を得て探り当てた文章であり、ようするにそれは吉田そのものである。吉田の文章を理解するのは、吉田を理解することでもあり、ひとりの人間に寄り添い、その考えを理解することが困難ではあっても決して難解ではないことは、誰もが経験上わかっていることである。吉田の文章は思考であり、呼吸であり、拍動でもある。つまり、吉田の言葉は生きている。符牒のような死んだ言葉ではない以上、きちんと対話すれば意味を取り違えることは、生きている人間と対話する程度にしか起こらないはずだ。そして言葉が生きているならば、何度も対話して確かめることができるはずで、実際に筆者はそのように何度も吉田の言葉を確かめてきた。

それは、「鑑賞」という態度とは真逆の姿勢で行わなければいけない。「文学は道楽か」において、吉田は文学を鑑賞するという表現に、明確に不快感を示している。文学のようにどのような感覚器官から何が伝わるかがはっきりしないものについては、受け取ったものを吟味するのに注意が必要で、その切実さという点や鑑賞と程遠い点からして、食べることと比較するのが向いているかもしれないとしている。旨いものが口に入ったときは、旨いものが口に入ったという境地にあり、文学も文学と付き合っている間は文学ということが頭から消える。そのような実態を伴った言葉への親しみを、人間はしばし忘れてしまうことがある。それを思い出したときに、言葉を、吉田の文章を、真に生きたものとして読むことができる。

しかし、生きた言葉に対して親しみを持ち続け、日々を過ごしていくのは困難なことである。人生はせわしなく、ままならない。よるべない思いを常に抱いて誰もが生きている。表題作「余生の文学」は、そうした状態に陥ってしまっている人生、そして文学に道標を与えてくれる。

現代ほど、若さやスピード感が尊ばれている時代も少ないのではないか。誰もがSNSなどで情報発信できる時代は、「何者か」になりたい、ならなければいけないという焦燥を掻き立てる。しかし、だからといって、「何者か」になって、何かを成すのは容易なことではない。

そんな時代に処方を与えてくれるのが「余生の文学」であり、今だからこそ読まれるべき文章である。吉田は若さや青春について、否定的な感情を抱いていた。吉田自身、文士になるために祖国の土が必要であることを感じ、ケンブリッジ大学を数ヶ月で中退して、日本に帰ってきたという経験がある。外交官だった父・吉田茂の長男として幼い頃、海外生活をした吉田が日本語で文学をするためには、長い年月と並々ならぬ労力が必要だった。

吉田は「余生の文学」で、「自分に何が出来るか解らなくてそれでも何かやって見たいというのは厄介な状態であるが、若いうちはその状態にある他ないようで、やって見なければ自分に何が出来るか解らない」と書く。これほど、若さからくる焦燥を言い当てた文章はない。若さ特有のぎこちなさは、「自分に何が出来るか解らなくてそれでも何かやって見たい」という苛立ちから生じるもので、それは仕事も人生も同じである。一方、「年を取って自分に何が出来るか解るというのは自分の限界を知ることでもあって、年とともに自分の能力に限界がないことが明かになって来る天才もある訳であるが、それが無限であることも含めて限度がはっきりすることはそれだけ仕事の狙いを定め易くして、これも熟練に欠かせないことの一つである」とし、若さと年を取ることを逆転させた「余生」の概念を立ち上がらせる。

若くあることは、その可能性が無限であると思わせるが、そうした見込みがかえって足枷になり、何でもやれるぶん、何をやればいいかわからず身動きが取れなくなる。しかし、年を取ると自分の限界がはっきりしてくる。自分に何ができて、何ができないかが明らかになり選択肢が狭められると思うのは間違っていて、むしろ限定が加えられることで、何をなすべきかの照準が定めやすくなる。そう考えると、若さと年を取ることのどちらが「若い」かという問題になってきて、曰く「……我々は若くなる為にも年を取る他ないのである」。本書の読者には、若者と年配者のどちらもいると思う。筆者が「余生の文学」に出会ったのは三十代である。年を取ることについてこれほど積極的な価値が、説得力を持って書かれた文章に触れたのは初めてだった。吉田の考える「余生」とは退屈なものなどでは決してなく、創造性が宿った夕暮れの空のように澄み渡り、解き放たれた豊穣な時間を言うのである。

これからも本書を、何度も読み直すことになるだろう。たとえそのときに腑に落ちなくても、それは自分が「余生」に至っていないからであり、吉田の流れるような文章を何度も味わうことで年を取ることができる。吉田の表現するところの若くなるために年を取ることによって、文学は必ず豊かなものになる。吉田の文章は、筆者の人生に寄り添ってくれるし、吉田という人間そのものを、生きた言葉から感じ取ることをやめないでいれば、いつか「余生」に辿り着くのではないか。即効性を求める世の中だが、吉田を道標とすれば困難な人生でも乗り越えていけるのではないか。吉田健一はそう信頼するに足る文章家であると確信している。

（みやざき ともゆき／ライター）

[著者]
吉田健一（よしだ・けんいち）
1912年、東京生まれ。ケンブリッジ大学で学び、帰国後、翻訳家、文芸評論家、さらに小説家として健筆をふるう。『シェイクスピア』『瓦礫の中』で読売文学賞、『日本について』で新潮社文学賞、『ヨオロッパの世紀末』で野間文芸賞を受賞。その他の著書に『英国の文学』『金沢』『絵空ごと』『東京の昔』『時間』『私の食物誌』など多数。77年歿。

平凡社ライブラリー 957
余生の文学（よせいのぶんがく）

発行日…………2023年11月2日　初版第1刷

著者……………吉田健一
発行者…………下中順平
発行所…………株式会社平凡社
〒101-0051　東京都千代田区神田神保町3-29
電話　(03)3230-6573[営業]
ホームページ　https://www.heibonsha.co.jp/

印刷・製本……株式会社東京印書館
DTP…………平凡社制作
装幀……………中垣信夫

ISBN978-4-582-76957-9

【お問い合わせ】
本書の内容に関するお問い合わせは
弊社お問い合わせフォームをご利用ください。
https://www.heibonsha.co.jp/contact/

平凡社ライブラリー　既刊より

吉田健一著／中村光夫編
吉田健一随筆集

文学、旅、酒、食……。該博な知識で森羅万象を闊達に論じ、人生の愉しみを自在に綴る吉田健一の芳醇な随想を、盟友中村光夫が精選。虚実のあわいに遊ぶ名篇「酒宴」を併録。

吉田健一著
本が語ってくれること

東西の作家を自由に往還しながら闊達に読書の喜びを描く表題作、文芸時評の枠を超えた文明論、本を読む行為から言葉の本質に迫る「本を読む為に」……吉田流読書論の神髄。
解説＝古屋美登里

石川淳著／澁澤龍彦編
石川淳随筆集

「この集で、私は石川淳さんのダンディズム、つまり精神のおしゃれを存分に示したいと思った」――。和漢洋古今聖俗を自由に往還する珠玉の随想を澁澤龍彦が精選。

澁澤龍彦著
貝殻と頭蓋骨

ただ一度の中東旅行の記録、花田清輝、日夏耿之介、小栗虫太郎など偏愛作家への讃辞、幻想美術、オカルト、魔術――その魅力が凝縮された幻の澁澤本。没後30年記念刊行。

由良君美著
椿説泰西浪曼派文学談義

「すこしイギリス文学を面白いものにしてみよう」――澁澤龍彦・種村季弘と並び称された伝説の知性。幻想文学から絵画や音楽までをも渉猟した最初の著作にして代表作、待望の再刊。
解説＝高山宏